KB215549

나는 인도를 보았는가

이호신의 인도그림편지

나는 인도를 보았는가
이 호 신 의 인 도 그 림 편 지

글 그림 | 이호신
펴낸이 | 김인현
펴낸곳 | 도서출판 종이거울
2005년 12월 1일 1판 1쇄 인쇄
2005년 12월 5일 1판 1쇄 발행
편집진행 · 이상옥
영업 · 혜국 정필수
관리 · 혜관 박성근
인쇄 · 동양인쇄(주)
등록 · 2002년 9월 23일(제19-61호)
주소 · 경기도 안성시 죽산면 용설리 1178-1
전화 · 031-676-8700
팩시밀리 · 031-676-8704
E-mail · cigw0923@hanmail.net

ⓒ 2005, 이호신

ISBN 89-90562-19-8 04810
        89-90562-03-1 (세트)

· 책값은 뒤표지에 있습니다.
· 잘못된 책은 바꿔드립니다.
· 이 책의 내용 전부 또는 일부를 다른 곳에 사용하려면 반드시 저작권자와 종이거울 양측의
  서면 동의를 받아야 합니다.

나는 인도를 보았는가
이호신의 인도그림편지

종이거울

그림책을 펴내며

2003년 연말, 개인전(한 · 인 수교 30주년 기념전)과 인도 여정을 모두 마치고 꼴까타에서 뉴델리 공항으로 돌아온 날 귀국 일정은 순조롭지 않았다.

새해맞이로 돌아가려는 외국인들이 몰린 공항은 짙은 안개로 인해 발이 묶였다. 여객기가 이륙했다가 착륙하기를 수 차례, 승객들은 주변 숙소로 흩어져 불안 속에 새우잠으로 지샜다. 하여 대합실은 지구촌의 얼굴로 가득 찼고 그야말로 혼잡의 극치였다. 나는 그 지루함을 덜고자 이방인들 틈에 쭈그리고 앉아 몇 통의 긴 편지를 썼다.

마침내 인천공항에 도착한 새벽, 그런데 함께 와야 할 나의 짐이 보이지 않았다. 모두가 뿔뿔이 흩어진 대합실에 홀로 남은 나는 황당했다. 두 차례 50일간 인도 여정의 화첩과 일기, 화구들이 고스란히 들어 있는 특별한 가방이 분실된 것이다.

한동안 심신이 모두 굳는 듯했지만 인도의 빛과 바람, 쇠똥냄새를 묻히고 온 자신을 위무하며 잊기로 했다. 이미 내 삶에 강물처럼 흘러간 이야기, 애써 미련을 버리기로 했다.

그런데 며칠 후 운명의 여신은 망각에서 깨어나라고 잃어버린 가방이 집으로 배달되어 왔다. 지난 화첩을 펼쳐보니 새삼 추억의 무늬가 너울지고 그날의 감회가 갈피마다 묻어났다.

인도의 아버지 간디, 지성과 문화의 표상 타고르, 인류의 어머니 테레사 수녀, 영적 스

4

승 라마끄리쉬나의 만남. 그리고 무엇보다 불교의 시조始祖 붓다의 생애를 흠모하며 순례
에 동참했던 일은 내 삶의 축복이었다. 하지만 한결같이 '진리의 숲'에서 들려오는 영혼의
목소리에 붓을 들고 수도 없이 절망해야했다.

인류의 문화유산으로 빛나는 아잔따, 엘로라 석굴, 따지마할, 보드가야 대탑의 장엄과
박물관 탐방, 강가(갠지스) 강에서 타오르는 생사의 불꽃 또한 잊을 수 없다.

한편 노숙자와 가난한 아이들의 파리한 눈빛, 호수같이 맑고 청순한 여인들의 애잔한
눈빛 또한 인류애의 가슴으로 눈물겨웠다. 또 하늘의 별만큼이나 많은 인도 신神의 이야기
와 현란한 사리복장이 보여주듯 다양한 삶의 방식은 움직이는 만다라의 세계였다.

그 만남을 화첩에 담으며 떠올렸던 단상이 일기로 남았다. 그 그림편지를 '종이거울'
에서 챙겨주고 윤제학, 이상옥님이 살뜰히 거두어서 이제 독자들의 몫이 되었다.

2005년 가을

역마을 나무화실에서 이호신

차례

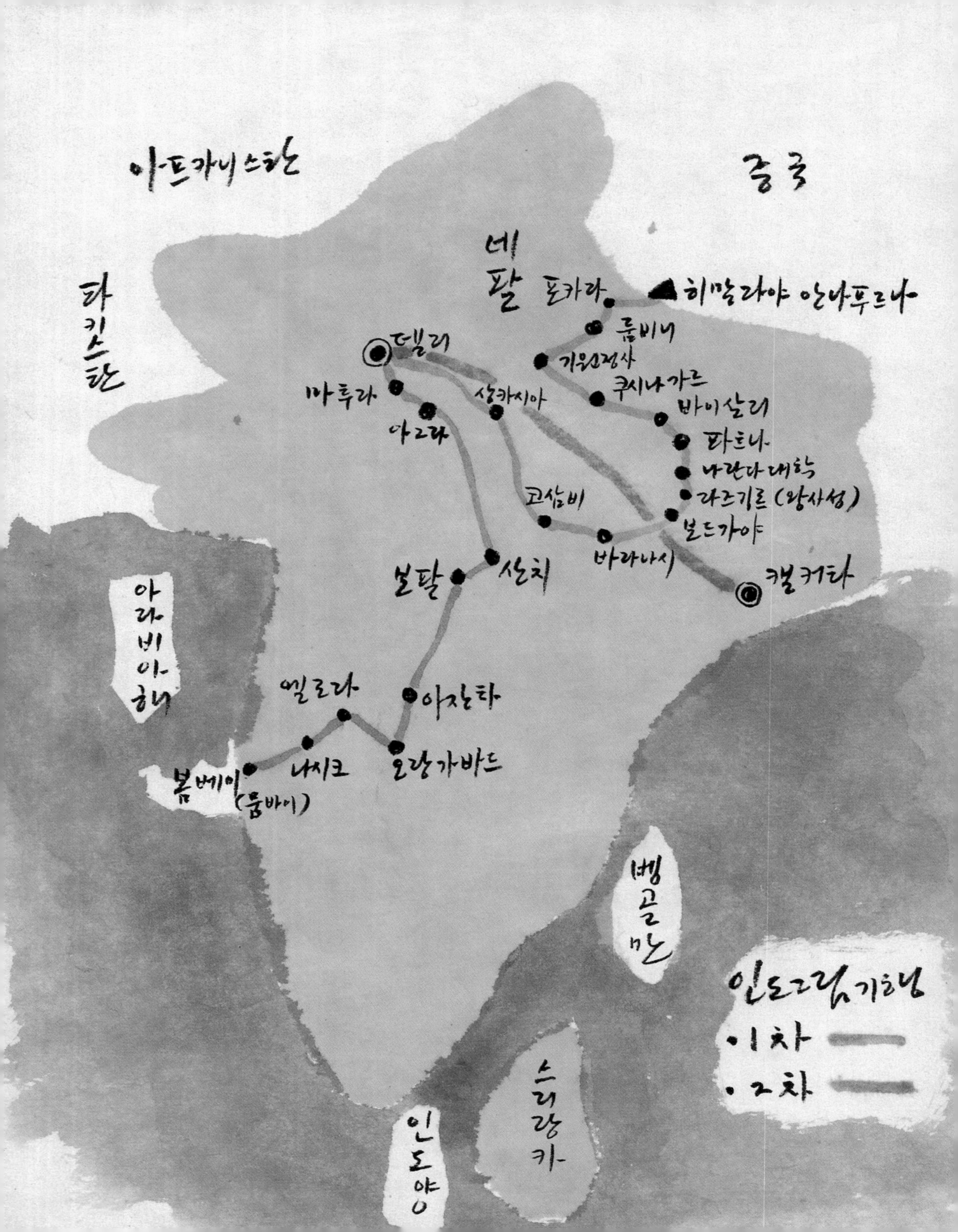

아프가니스탄

타킷스탄

중국

네팔 포카라

히말라야 안나푸르나

룸비니

기원정사

쿠시나가르

델리

바이샬리

파트나

마투라

상카시아

아그라

나란다대학

라즈기르 (왕사성)

고삼비

보드가야

바라나시

캘커타

보팔

산치

아라비아해

엘로라

아잔타

봄베이 (뭄바이)

나시크

오랑가바드

벵골만

인도그림기행

1차 ●━━━━

2차 ●━━━━

스리랑카

인도양

인디아의 삶,
만다라의 세계

무명無明의 터널을 지나며
뭄바이의 밤과 인도문

밤하늘을 날아간다.

문명의 날개를 달고 어둠 속을 비행한다.

꿈같은 이 순간, 온갖 상념들이 파닥이다 사라진다.

내려다보니 아득한 지상의 불빛이요 우러러보면 은하의 세계인데, 기내의 불빛은 지금 내가 여행자임을 확인시켜 준다.

"여행은 돌아오기 위해서 떠나는 것"이라고 누군가 내게 말했다. "세상에서 가장 멀고 어려운 여행은 머리에서 가슴으로 오는 길인데, 팔십이 넘도록 아직 온전히 가슴에 이르지 못했다"는 한 성직자의 고백을 들은 적도 있다. 이 순간, 그 말들이 내 가슴에 커다란 파문을 일으킨다.

인간이 육신만이 아니라 '영혼의 귀'를 가진 존재임은 때론 '잔인한 축복'이다. '열린 문과 흐르는 길'의 도정에서 인간은 육신과 영혼 사이에서 끝없이 생멸한다. 그것은 늘 새로운 경험이다. 놀라움과 경외, 갈등과 고독을 자초하며 세계를 확장하는 일이다. 어떤 종류의 것이든, 여행은 '무명의 터널'을 지나는 일종의 제의祭儀다.

그리하여, '인도로 가는 길'은 결코 가벼울 수 없다. 지난 날에 대한 반추, 그리고 미지의 시공간에 대한 설렘과 두려움. 나는 눈을 감을 수밖에 없다.

인천공항을 떠나 밤새 타이베이, 하노이, 다카, 꼴까타캘커타라고 부르는 바로 그곳. 이 책에서는 현지음대로 적는다.를 경유, 인도 땅 뭄바이봄베이에 내린 때는 현지 시각 새벽 2시 25분. 옛 우리네 수도승들이 죽음을 무릅쓰고 몇 달에 걸쳐 걸어온 길을, 나는 아홉 시간이 채 못 되어 날아왔다. 이 무슨 신통력(?)인가.

공항 대합실에 걸린 간디의 초상에서 인도의 훈향이 느껴진다. 그 순간 우리를 맞아주는 현지인이 다가와 꽃목걸이를 걸어준다. 싸늘한 공기 속에 꽃내음이 감미롭다. 긴장이 풀어진다. 하지만 첫 경험은 새로운 자극으로 고단함을 밀쳐낸다.

새벽별이 떠 있는 뭄바이의 시내 풍광이 화첩을 든 손을 강렬하게 유혹하기 시작한다. 낡은 건물, 무너진 담장, 무질서한 간판이 희뿌옇게 모습을 드러내고, 야자수와 첨탑 건물이 실루엣으로 얼비친다.

차가운 길거리에 널브러진 수많은 사람들. 웅크리고, 껴안고, 서로 기대고, 아예 자리를 깔고 누운 이들이 차창을 스친다. 무명無明이다. 비행시간 내내 어둠의 터널을 빠져 나오려 애쓴 지난밤의 소회가 새삼 도리깨질한다. 하지만 이 어둠은 이곳 뭄바이에만 한정되는 것이 아니다. 불야성을 이루는 서울 거리, 맨해튼의 마천루와 동시 공존하는 '시대의 무

◉ — 인도문 | 20×15cm

명'이다. 어느 경제학자의 말처럼 '가난은 문명의 산물'임이 분명해 보인다. 이 모순과 역설속에 인류가 살고 있다.

델리에서 18시간 기차를 타고 달려왔다는 라전 싱RAJAN SINGH, 26 씨는 델리대학을 졸업한 청년으로 이번 인도 여행의 길라잡이다. 사람좋은 인상과 준수한 외모 때문인지 더듬거리는 한국말에도 금방 친근감이 간다. 그를 앞세우고 뭄바이의 아침 거리로 나선다.

인구 1,500만 명이라는 뭄바이는 매우 부산하다. 거리에 영화 간판이 즐비하다. 할리

우드 못지않은 영화 제작 열기를 감지한다. 그런데 그 화려한 색채와는 대조적으로 오토 릭샤와 소형 택시들은 하나같이 검은 색에 노란 지붕을 하고 있다.

백베이 해안을 끼고 달리는, 소위 목걸이처럼 생겼다는 머린 드라이브 코스는 낭만적이다. 반대편 광장에서는 교복을 입은 여학생들이 퍼레이드 준비에 한창이다. 오는 1월 26일 독립기념일을 위해 한 달 전부터 연습중이란다.

한국의 LG와 현대자동차 간판이 반갑게 눈에 들어온다. 평소에 무심히 지나쳤던 그 별것 아닌 것들이 낯선 땅과의 서걱거림을 많이 누그러뜨린다. 차는 버킹검 궁전 같은 빅토리아 역을 지나 시내를 가로질러 따지마할 호텔 앞 인도문에 이른다.

뭄바이란 포르투갈어로 '좋은 항구' 다. 이렇게 '좋은' 이름인데도 그 내력을 알고 보면 그리 좋게 느껴지지 않는다. 서구 열강이 식민지 개척에 열을 올리던 때 처음 인도에 진출했던 포르투갈의 공주가 영국 왕실로 시집가면서 결혼 선물로 넘겨준 항구였다니 말이다. 이로써 뭄바이는 영국 동인도회사가 관할하게 된 이래 인도 서해안 제1의 무역항 역할을 해 왔다. 바로 이곳의 상징적이고도 기념비적인 유물이 이른 바 '인도문' 케이트웨이 오브 인디아이다.

아라비아해를 향해 선 인도문은 영국 왕조지 5세의 인도 방문을 기념하여 1911년에 세운 것으로 식민지 시대의 쓰라린 역사적 유물이다. 그런데 오늘은 뭄바이의 상징물이자 대표적 관광 상품이 되었다. 이 같은 아이러니는 백베이 해안마저 '공주의 목걸이' 로 회자되

◉ —— 뭄바이의 새벽 | 75×113cm

◉ —— 무명의 터널 | 65×29.5cm

게 만들었다.

아라비아 해안을 넘나드는 수많은 선박들을 바라보며, 자의든 타의든 빠른 속도로 서구화되어 가는 인도의 현실을 실감한다. 그 풍광을 푸른 색한지 위에 담고 있는데, 갓난아이를 업고 또 안은 젊은 아낙이 앞을 막아서며 자꾸 구걸을 청한다. 이 난감함이라니.

진정 뭄바이의 '인도문'이 '독립문'으로 새롭게 태어나는 건 요원한 일일까. 거듭 파도는 대륙으로 밀려들고 있다.

나는 가난한 탁발자

간디의 집과 웨일즈 박물관

나는 가난한 탁발자이다. 내 속세의 소유물은 여섯 틀의 물레, 감옥에서 쓰던 접시들, 산양
젖통, 여섯 벌의 옷과 타월, 그리고 내 알량한 명예이다.

―간디 자서전

불교의 발상지를 찾아온 오늘, 그러나 그 첫 만남은 마하뜨마 간디Mahatma Gandhi,
1869―1948다. 뭄바이에 자리한 간디의 집Gandhi Memorial Museum. 성자의 체취는 여행자의
가슴을 뭉클하게 한다.

아주 어릴 적, 간디의 생애를 알기 전부터 간디를 좋아했다. 그 막연한 동경이 숭배로
바뀔 즈음, 이렇게 시절인연은 무르익었다. 그런데 막상 그를 만나고 나자 기쁨은 한 순간
이다. 도무지 높이를 가늠할 수 없는 높은 산을 마주할 때의 기분만큼이나 난감하다.

간디의 저서를 보관중인 1층을 지나 2층으로 오르자 그가 사용했던 방이 그대로 보존돼 있다. 그가 처음 물레찰카 사용법을 배운 곳도 여기라 한다. 그가 쓰던 단조로운 그릇과 샌들, 물레 등에서 가난한 성자의 체취가 진하게 느껴진다.

내가 만일 염주를 세는 것과 물레를 돌리는 것 가운데 하나를 택해야 한다면, 물레의 편에 손을 들어 그것을 나의 염주로 삼을 것이다. 이 나라에 굶주림이 있는 한.

간디의 신념과 선택은 불교의 지혜와 자비의 개념에 닿아 있다. 또한 자기 희생과 봉사는 대승大乘의 보살도菩薩道와 결코 다르지 않다.

3년 전, 동아프리카 탄자니아로 가기 위해 경유한 남아프리카공화국의 요하네스버그 박물관에서 간디의 흉상을 만난 적이 있다. 그곳에서 그가 소수민족과 인도 난민을 위해 변호사로 애쓴 흔적을 살폈던 기억이 새록하다. 그 후 리처드 아텐보러Richard Attenborough 감독의 영화 〈간디〉에 매료되어 수차례 비디오를 봤다. 그러다보니 간디 역의 벤 킹슬러Ben Kingsley까지 좋아졌다. 영화는 언제 보아도 단순한 감동을 훌쩍 뛰어넘었다. 고난에 찬 그의 생애뿐 아니라 영혼의 음성까지 들려주기 때문이다. 그리고 나는 간디의 자서전에 푹 빠져들었다. 그것은 한 권의 책이 아니라 하나의 경전처럼 내게 다가왔다.

간디는 150년간의 영국 지배로부터 인도를 해방시켰다. 그는 인도의 아버지다. 시인 타고르는 그를 '마하뜨마위대한 영혼'라 불렀다. 그는 평생 비폭력 독립투쟁 외에도 힌두교와 이슬람교 간의 갈등 해소와 여성의 인권, 불가촉 천민에 대한 끊임없는 연민과 헌신의 삶을 살았다. 그는 진정한 탁발자였고 진리의 순교자였다.

◉── 마하뜨마 간디 | 137×173cm

참과 비폭력이 없다면 거기에는 인간성의 파괴만이 있을 뿐이다. (…) 내가 해야 할 의무는 죽는 날까지 그러한 운명으로부터 인도와 전 세계를 구출하는 것이다.

현장에서 생전의 모습을 담은 사진을 화첩에 옮겨 본다. 내 눈에 비친 그는 수도자다. 기념관에서 낡은 간디 앨범을 구해 지금도 자주 넘겨보는데 특이한 것은 어느 장면도 카메라를 의식하지 않고 있다는 점이다. '참모습'이라는 말은 이런 경우를 두고 하는 말일 것이다. 그 중 노아카리에서 지팡이를 들고 좁은 인도교를 건너는 장면은 선승禪僧의 이미지로 다가왔다. 깎은 머리에 허리를 구부리고 커다인도의 수직 무명옷를 걸친 채 마른 종아리에 샌들을 신은 모습이다. 그 사진을 보면서 조선후기 인물화의 선구 공재恭齋 윤두서尹斗緒, 1668—1715가 그린 〈노승도〉를 떠올린다. 나는 사진을 그림으로 옮기며 고뇌에 찬 표정을 미소 띠며 가는 수행자의 모습으로 바꾸고, 막대기를 대나무 지팡이로 고친 다음 붓을 뗐다.

간디 기념관을 나와서 인도 3대 박물관에 든다는 '프린스 오브 웨일즈 박물관Prince of wales Museum'을 찾았다. 인도문 북서쪽 500m 지점에 있는 그 박물관은 미술, 고고학, 자연사로 나뉜 전시 공간으로 이루어져 있는데, 유물의 연륜과 다양성은 여행자를 한껏 들뜨게 한다. 기원전의 불상이나 티베트, 네팔의 불상이 이채롭고 간다라 불상과 부처의 생애를 그린 조각이 눈길을 끈다.

티베트 불교미술의 탱화, 힌두교와 이슬람교의 세밀화는 압도적인 양으로 전시공간을 차지하고 있다. 또 신의 나라답게 수많은 신상이 즐비한데 그 중 엘리펀트 섬에서 출토

◎── 인도의 신상 | 46.5×50cm

된 시바신과 가네쉬신, 그리고 브라흐만 신상이 눈에 띈다. '시바신'은 삼지창을 들고 있고, 지혜와 행운의 신이라는 '가네쉬'는 코끼리 머리에 큰 배를 내민 우스꽝스런 형상이다. 또 '브라흐만'은 4개의 머리와 물단지, 활, 판자, 베다를 들고 경배를 받는 모습으로 새겨져 있다.

점심시간을 쪼개 서둘러 화첩을 끼고 식당을 나서자 문 앞에는 흥미 있는 먹을거리가 펼쳐져 있다. 잎담배에 싸서 먹는 '빤'이라는 음식인데, 나뭇잎에 끈끈한 액체를 손가락으로 비벼 바른 다음 온갖 향신료를 뿌리고 말아서 건네주면 손님들은 날름 입 안에 넣는다. 잎만두처럼 여겨지는 빤은 5루삐—50루삐까지 있단다. 가격 때문인지 주문하는 사람에 따라 재료가 모두 다르다. 한편 부산한 거리를 살피는데 앉은뱅이 소녀가 바퀴 달린 나무판에 앉아 구걸을 해와 몇 루삐를 건네고 화첩을 펴들자 휙 돌아서 버린다. 그녀의 자존심을 건드린 모양이다.

간디와 구걸하는 소녀와의 거리는 얼마일까? 진정한 인도의 모습은 과연 무엇일까? 앞으로 나는 또 어떤 모습의 인도를 만나게 될 것인가. 그리고 그것은 인도라는 거대한 그림의 어느 부분에 해당할까? 인도의 실체에 다가갈 수 있을 것인가? 어느 한 질문에도 선뜻 답을 내 놓을 수 없다. 그저 오는 대로 맞이하고 느낄 뿐이다. 나는 모든 선입견을 버리기로 했다.

대평원, 장엄의 물결

데칸 고원을 지나며

사람은 길을 만들고, 길은 사람을 일깨운다. 어제의 길을 따라 새 날을 여는 삶의 여정, 나는 지금 그 길의 한가운데에 있다.

데칸 고원의 대평원. 그곳으로 가는 길은 유장하다. 신이 빚은 대지의 숨결을 호흡하는 온갖 동식물들 속에 내 육신은 지문처럼 인연의 그림자를 드리운다. 광활한 대지 위로 흙벽집이 펼쳐지고 척박한 토양에는 아카시아 나무가 즐비하다. 드문드문 검은빛을 띤 화산석과 나무를 머리에 이고 마을로 가는 여인들이 점경으로 사라진다. 그 흙먼지 날리는 길에 원색 사리를 걸치고 돌아가는 광경은 아프리카에서 본 캉가를 입고 지게끈을 이마에 맨 여인들의 귀로와 너무도 흡사하다. 아득한 옛날 인도양으로 갈라지기 전의 땅, 그 시원의 역사와 삶은 시공을 초월한다.

대평원을 가로지르는 길은 끝없이 이어지는 수로와 함께 언덕과 산을 넘어 하늘에 닿아 있다. 구름처럼 흐르는 길이다. 길 가에는 피팔라트리 보리수, 아슈카트리 무우수와 뿌리가 흘러내린 것처럼 가지가 아래로 뻗어 내린 거대한 밴야느 나무 등이 이어 달리기를 하듯 차창을 비낀다. 간간이 모습을 드러내는 팜트리 야자수는 남국의 정취를 자아낸다.

길에는 가로등과 교통표지가 따로 없는데, 가로수 줄기 아래 하얀 바탕의 갈색 칠이 표지판을 대신하고 있다. 따라서 가로수들은 생명을 위한 초병인 셈이다.

아스라한 원경으로부터 빨간 모자의 행렬이 시야에 들어온다. 성지 순례를 떠나는 힌두교인들이다. 흰옷을 걸쳤거나 아니면 모두 윗도리를 벗었는데 거의가 맨발이다. 저 뜨거운 걸음이라니. 믿음은 고통조차도 잊게 하는가. 그런데 그들만 그런 차림을 한 것이 아니다. 대평원에서 사탕수수를 베는 사람들, 막대기를 어깨에 걸친 채 소를 몰고 가는 목동들도 모두 한가지다.

갑작스레 평원의 끝에서 열병하듯 다가오는 사탕수수 우마차의 행렬이 나타난다. 차를 세우고 뛰어 내려보니 그야말로 '장엄'의 극치다. 흰 소, 검은 소가 끄는 수레에 산더미처럼 실린 사탕수수. 그 위에는 사람들이 타고 있다. 가족들도 눈에 띈다. 소들의 뿔은 하나같이 원색이다. 빨강은 수소, 파랑은 암소다. 이 재미난 발상이 차량 페인팅에 이르면 거의 예술의 경지다.

인도의 짐차들은 거의 백미러가 없다. 있다손 치더라도 짐을 많이 실어서 아예 뒤가 보이질 않는다. 따라서 추월하려면 반드시 경적을 울려야 하는데 'PRESS HORN' 혹은 'BLOW HORN 경적을 울리시오' 이라는 글자가 어김없이 씌어 있다. 글씨체도 각각이거니와 바탕의 도색 문양이나 그림들도 각양각색이다. 더러는 재미있는 문구를 넣어 뒤따르는 운전자들의 호기심을 자극한다. '메라 바르뜨 마한 거대한 나라 인도' 식으로 자존심을 표현하

는가 하면, 따라오는 차에 무슨 대단한 볼거리라도 준다고 생각하는지 '레크떼 라호_{계속}
봐!' 따위의 농지거리도 있다. 그것을 보는 재미가 쏠쏠하다. 그러나 가장 눈길을 끄는 건
현란한 색채다. 원색의 사리 물결처럼 원색의 그림과 문양으로 뒤범벅이다. 달리는 설치미
술이자 움직이는 만다라다. 거침없는 자기 표현과 개성이 부럽기조차 하다.

아랑가바드의 엘로라 석굴 가는 길. 한 떼의 시커먼 물소들이 길섶으로 몰려드는 모습
이 또한 장엄하다. 산천의 장엄, 생명의 장엄, 거리의 장엄이 무지개 빛으로 약동한다. 그
것들을 다 좇아가지 못하는 화첩을 든 손끝이 자꾸만 삐걱거린다.

● ── 네웨다스 가족이 사는 집 | 스케치

29

◉── 장엄 · 사탕수수 행렬 | 138×51cm

화장실이 없는 대평원에서 볼 일을 보는 일이란 문화유적을 찾는 일 만큼이나 중요하다. 길에서 적당히 떨어진 은폐할 수 있는 숲을 찾아 차를 중심으로 남녀가 갈라진다. 사내들은 큰 나무를 찾아가고 여자들은 언덕 아래로 혹은 숲으로 사라진다. 여기저기 소똥 천국, 분뇨 천국이다. 지뢰(?)를 밟지 않아야 한다고 스스로 채근하다 보면 "뭐 이런 세상이 다 있어" 하는 짜증이 나기도 하지만 몇 번 반복하고 나면 '그런 세상'이 자연스럽게 받아들여진다.

여행자는 늘 배가 고프다. 끊임없이 변주하는 풍광을 훑느라 자신도 모르게 지친다. 그래서 마냥 시장기를 달고 산다. 일행들이 식당을 빌려 점심을 준비하는 사이, 식당 뒤로 볼 일(?)을 보러 갔다가 민가를 발견하고 조심스레 다가갔다. 난민촌 같은 집은 온갖 자재를 주워 엮었는데 빨랫줄에 늘어놓은 원색의 사리가 눈부시다. 마당 끝에 무쇠솥 아궁이와 마른 나뭇단이 흩어져 있고 불씨는 꺼져 있다. 갑작스런 이방인의 출현에 사내와 아이들이 문을 열고 나온다. 네웨다스35세 씨 가족이다. 막내아들을 그리고 싶어 허락을 얻고자 손짓을 하니 아이는 막무가내로 울음보를 터트린다. 무척 당황스럽고 가슴이 찡해온다. 어쩔 수 없이 사과의 뜻을 전하고 그냥 돌아 나오는데 아이는 사립문에 기대어 내내 나의 뒤통수를 바라보는 그 눈빛, 이방인에 대한 두려움과 호기심으로 가득한 눈빛이 지금도 아물거린다.

◉── 호기심 | 40×58cm

그 영혼들은 석굴의 별로 뜨고

엘로라 석굴사원에서

종일 차를 달려 해질 무렵에 당도한 아우랑가바드의 엘로라 석굴사원. 석굴에 들어섰을 때의 전율을 나는 달리 표현할 길이 없다.

"아름다운 것은 성聖스럽다."

진정한 아름다움예술은 성스러움종교과 통한다. 무릇 모든 궁극적 경지는 진리라는 이름 앞에 하나다.

입상진의立像眞意. 형상으로 참뜻을 드러냄을 말한다. 모든 예술은 궁극적으로 이것을 지향한다. 설명하려 들면 군더더기가 되기 십상이다. 섣불리 오의奧義를 말하려 드는 예술가가 있다면 그는 사이비 종교의 교주가 더 어울릴 사람이다. 예술가는 오직 보여주기만 할 뿐이다. 이것이 예술가의 운명이다.

한편 『화엄경』에서는 "형상으로서 부처를 구해서는 안 된다. 형상은 참된 부처가 아니

◉── 엘로라 힌두사원 | 스케치

다. 참된 부처는 깨침 바로 그것이다. 그렇기 때문에 깨침을 이룬 자만이 참된 부처를 볼 수 있다"고 한다. 그렇다면 엘로라 석굴의 수많은 불상들은 다 무어란 말인가. 목숨을 바쳐 형상을 추구하는 모든 예술 행위 또한 미망에 불과한 것인가.

움직이는 깃발에서 '움직임'과 '깃발'을 분리하는 일은 불가능하다. 낙처落處를 아는 표상은 본질 그 자체다. 엘로라의 돌부처들. '깨침의 옷'이다.

부처는 보이지 않아도, 그 부처를 볼 수 있도록 인도한 수많은 인연들이 있어 엘로라는 숭고하다. 진리를 추구하며 앞서간 영혼의 그림자는 오늘의 등불이 된다. 엘로라 석굴에서 나는 수많은 등불을 본다.

세계문화유산으로 지정된 엘로라 석굴사원은 '종교 문화의 공동체'를 보여주는 곳이다. 즉 불교 사원1굴—12굴, 힌두교 사원13굴—29굴, 자이나교 사원30굴—34굴이 모인 곳이다. 불교 사원은 4—7세기에, 힌두교 사원은 7—9세기, 그리고 자이나교 사원은 9—13세기에 각각 조성된 것으로 추정한다. 불교의 쇠퇴에 이어 다른 종교들이 석굴사원을 조성한 특이한 곳인데, 중요한 것은 모두 다 순례의 발길이 끊이지 않는다는 점이다.

불교 석굴사원의 경우 크게 두 가지로 나뉜다. 불상과 스뚜빠를 모신 '짜이따 굴'과 스님과 신도들이 거주한 '비하라 굴'이 그것이다. 소위 법당과 요사가 한 석굴에 있는 셈인데, 채광을 위해 층간 기둥만 남기고 공간을 비워낸 외관은 작은 아파트를 연상시킨다.

석굴 중 제10굴은 거대한 아치형 창문의 이미지인데, 힌두교 시바파의 영향 속에 후대 밀교 특유의 조각이 새겨져 있다. 삭띠sakti라는 금강승 불교밀교는 인간의 성력性力을 중시, 관음보살과 그 배우자의 육체적 결합으로 해탈의 세계를 보여준다.

제10굴을 정점으로 펼쳐진 불교 석굴사원을 화폭에 담는데 수많은 석굴이 저마다 빛을 뿜어내는 것 같다. 벼랑을 깎아 낸 길을 걸으며 오직 진리만을 추구한 열정에 대한 찬미를 하지 않을 수 없다. 수희찬탄隨喜讚嘆이다.

과거 7불을 조성한 제12굴은 불상을 병렬竝列시킨 공간구성으로 단연 돋보이는 불당의 면모를 보여준다. 그곳에서 경배하고 돌아 나오는 길에 마주친 한 수행자. 흰 천으로 온몸을 감싸고 컴컴한 석굴 속에서 눈빛만 반짝인다. 얼마나 오랫동안 저 차가운 석굴 벽에 기대 서 있었을까. 부처와 만나고 현세의 번뇌를 벗어났을까. 그 모습이 마치 면벽한 달마의 초상 같다.

일행과 떨어져 홀로 된 터라 서둘러 힌두사원의 가장 매혹적인 제16번 사원과 자이나교 사원을 둘러보니 어느새 노을이 어둠 속으로 가라앉기 시작한다.

'종교 문화의 공동체 엘로라.'

다른 종교에 의해 파괴되지 않고, 함께 숨쉬며 순례자를 맞이하는 엘로라를 나서자 석굴 위로 하나 둘 별이 돋아 오른다. 성스러운 아름다움에 몸 바친 영혼들이 반짝이고 있는 것만 같다.

◉── 엘로라 석굴 | 533 × 168cm

다시 새 날의 여정 속에서

일출 속 아잔따 가는 길

모든 것은 순환한다. 생성과 소멸, 탄생과 죽음, 빛과 어둠으로 순환한다. 저문 하루는 적멸寂滅로 돌아가고, 다시 새 날이 열린다. 어제의 참회가 적멸로 인하여 구원받고 다시 일어난다. 이것이 삶이다.

'우ㅡ우ㅡ우ㅡ'

바람소리에 깨어보니 광활한 초원에서 막 해가 솟아오르고 있다. 이 순간 모든 초목과 동물은 생명의 축복을 얻으리라. 그것은 마치 한 절대자의 지휘에 의해 자연 속 오케스트라가 일시에 연주를 시작하는 대합주, 대자연의 환상곡으로 깨어나는 것 같았다.

ㅡ '동물의 왕국 세렝게티' 에서

수년 전 아프리카 여행중 대초원에서 맞이한 해돋이의 풍광은 천지의 장엄, 그 극치였다.

새벽 4시에 기상하여 어둠길을 내달리니 일행은 잠을 털지 못하고 모두 침선寢禪(?)에 잠겨 있다. 다만 옆자리의 스님은 잠을 깨 차창을 보라고 연거푸 녹차를 권한다.

"화가는 깨어나 있어야 한다. 이 새벽의 여정을 당신은 누구보다 살펴야 할 의무가 있지 않는가" 하는 눈빛이다.

어제 엘로라 석굴에 이어 오늘은 아잔따 석굴 가는 길. 데칸 고원을 가로지르는 새벽 길이다. 회청색 하늘이 마침내 보랏빛으로 물드니 어느새 여명이 밝아 오고 붉디붉은 해가 대지 위로 솟아오른다. 건너편 좌석의 동행을 깨워 저 장엄을 함께 나누자고 채근한다.

차창으로 줄지어 선 해바라기와 드문드문 볏가리들, 초목과 바위산, 구조가 모두 다른 초가와 판잣집들이 나타난다. 황량한 초원의 우물에서 도르레로 물을 길어 올리는 여인들과 물동이를 이고 가는 원색의 사리를 입은 젊은 아낙, 모두가 새 날의 주인공이다.

이 순간, 저 경건한 삶의 모습보다 아름다운 풍경은 없다. 더 새로운 기도는 없다. 누군가 "저들은 오직 자연 속에서 최소한의 것만으로 살아간다. 조용히 왔다 간다"고 탄식처럼 내뱉는다. 그렇다. 물질적 풍요야말로 어떤 면에선 누더기다.

데칸 고원은 한때 무갈의 제왕으로 군림했던 아랑제브Aurangzeb에 의해 아랑가바드 Aurangabad라는 지명을 얻게 된 곳이다. 그곳에 산재한 아잔따 석굴사원은 인디야드리 구릉의 산 중턱에 자리잡고 있다. 아잔따는 말굽모양으로 구부러진 와골라천川 뒤로 성벽 같

●── 아잔따 석굴의 부디 씨 | 46×64cm

은 지형에 30개 석굴이 조성된 사원이다.

먼저 전경을 살피기 위해 전망대에 오르자 잡상인들이 떼거리로 몰려들어 화첩을 펼치기조차 난감하다. 바람 때문에 먹물에 모래가 날아들어 붓질 또한 난감하다. 오래 머물 수밖에 없을 내 처지를 간파한 일행들은 벌써 석굴 아래로 내려갔고, 홀로 남은 나는 말이 통하지 않은 꼬마 잡상인들과 끝없이 실랑이를 벌인다.

내게 절실한 것은 기념품이나 사진 자료가 아니라 저 웅자雄姿한 석굴의 풍경을 담을 수 있게 석굴 주변을 안내해 줄 사람이었다. 손짓 발짓하는 내 뜻을 살핀 한 중노인이 아이들을 내치고 앞장을 선다. '부디'라는 60대 노인이다. 내리막길에서 마주친 인도 청년, 처녀들의 눈부신 사리가 발목을 잡는다. 노인에게 눈짓하자 그들을 세워 모델로 스케치와 기념사진까지 찍게 배려해 주는 게 아닌가.

작은 키에 깡마른 얼굴, 그러나 웃음을 잃지 않은 채 알아듣지도 못하는 힌두어로 열심히 설명해 주는 부디 씨는 오늘 내게 하늘이 내려준 은인이다. 그는 마치 내 생각을 꿰뚫고 있는 듯 원했던 장소로 나를 이끌었다.

도저히 사진으로서는 한눈에 밝혀질 수 없는 좌측 마지막 석굴의 벼랑, 즉 물굽이가 시작되는 폭포수 위에 서자 지형의 근원, 산세, 석굴의 이미지가 한눈에 펼쳐진다. 때마침 부디 씨의 손녀들이 나타나 친구들과 맨발로 벼랑 위를 뛰어다니니, 마치 요정들이 나타나 아잔따를 그리는 내게 기운을 북돋아 주는 듯한 착각에 빠진다.

위에서 보면 어느 행성의 표면 같고, 다가서 보면 수억 년 용암이 녹아 수직 터널로 빚어진 기암 계곡은 수많은 소沼와 폭포를 만들고 있다. 아잔따의 위용은 그것들을 배경으로 드러난다.

◉— 새 날의 여정 | 141×79cm

거리의 물결은 생명의 만다라

부사발 역에서 보빨 역으로

"지구촌 마지막 여행지가 바로 인도지요. 돌고 돌아서 다시 가고픈 곳이 인도 땅이랍니다." 한 인생 선배의 말이 떠오를 즈음, 차창을 보던 이는 "이번이 벌써 일곱 번째 인도여행이건만 감동은 여전하군요. 세상의 어느 나라를 다녀 봐도 이처럼 생명이 충만하고 또 변화가 많은 곳을 찾기는 어려워요" 하고 말한다.

이제 버스에서 열차로 갈아타기 위해 부사발 역으로 가는 길. 거리는 온통 생명으로 가득한 만다라의 세계다.

사람과 더불어 발 달린 짐승들은 모두 거리로 쏟아져 나온 것 같다. 소, 말, 개, 돼지, 염소, 양, 닭들이 난장을 벌이고, 차들은 동물들을 피해 가느라 연신 경적을 울려댄다.

침대칸 열차에 올라 목적지인 보빨 역까지 7시간을 가야 하는 여정에 돌입했다. 현지 신문은 영하 5도의 날씨에 수십 명이 얼어죽었다고 전한다. 반대로 한국에 돌아왔을 때는 섭씨 40

거리의 만다라 | 58×58cm

도를 웃도는 폭염으로 3주째 1,200명 사망했다는 인도 소식을 들었다.

인도 문화의 가장 큰 특징은 '다양성'이다. 수백 개의 방언과 열여섯 개의 공식 언어, 불교, 자이나교, 힌두교, 씨크교, 기독교, 회교 등이 공존하는 종교의 박람회장이다. 또한 다양한 피부색의 종족이 모여 살며 풍습도 가지가지다.

깊은 밤 대륙을 횡단하는 고단함과 지루함은 옆자리의 칠순 할머니 서무순의 인생 드라마에서 활력을 얻는다. 한시도 자기 곁을 떠나지 못하게 하는 영감을 떼어놓고 여생의 소원을 위해 한 달 간 산중기도를 간다고 할아버지를 속였단다. 할머니의 거짓말이 통쾌하다 못해 엄숙하다.

"거시기 이 화백, 내가 혹 길을 잃어버리면 무에라고 남들에게 말해야 살 수 있을 텐가?"

"네, 할머니. 나마스떼 안녕하세요 바차-오 바차-오 도와 주세요 하시면 돼요."

여행사에서 나누어준 쪽지를 훔쳐보고 할머니를 안심시키자, 할머니는 그새 눈감고 두 손 모은 채 "나마스떼, 바차-오 바차-오…"를 염불하듯 되뇌인다. 하긴 할머니에게 지금 이보다 더 간절한 주문은 없을 성싶다.

깜깜 밤길을 달려 마침내 보빨 역에 도착하자 싸늘한 냉기가 엄습한다. 거리에는 노숙자들이 서로 엉켜 뒹굴고 있다. 숲으로 가지 않고 사바세계에 머무는 눈빛만 빛나는 목숨들. 저들은 걸인인가 수행자인가.

마차 주변이 웅성거려 살펴보자 어느 주검이 들것에 실려 가고 있다. 조금 전에 본 동사凍死 뉴스가 바로 눈앞에 펼쳐진 것이다. 등골이 오싹해 온다. 나그네의 애린愛隣은 그저 연민의 눈길을 보내는 것에 그칠 수밖에 없다.

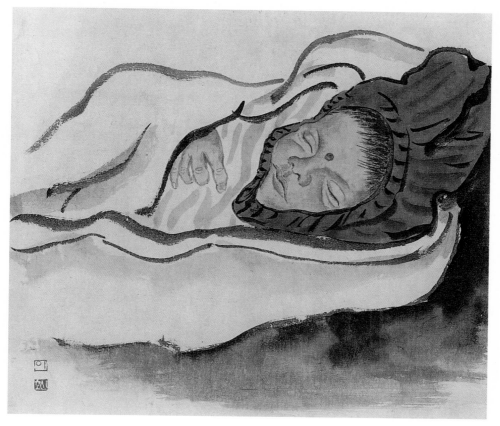

◉── 인디아의 꿈 | 41 × 36cm

　자신의 키만큼 쌓은 여행자 백을 붉은 타월로 감싼 머리에 이고서 휘청거리며 역 계단을 오르는 수염 흰 늙은이. 가방을 옮겨 주겠다고 밀치며 달려드는 청년의 혈기 속에 인도의 삶이 흐른다. 이것이 인도의 현실이다. 비참하게 뜨거운 풍경.

　집을 떠나오기 전 인도에 관한 참고서적, 여행기를 접했는데 당시 신간인 『우리 안의 오리엔탈리즘』이옥순은 적잖이 충격을 주었다.

> 인도를 바라보는 우리의 '눈'은 순진하지도 대등하지도 않다. 나는 19세기 제국주의자 영
> 국에게 감염된 우리의 '인도 보기'를 '복제 오리엔탈리즘'이라고 명명한다.(25쪽) 이미지
> 는 모름지기 현실의 반영이 아니라 인식의 양태에 의해 창조되는 것이다. (…) 어쩌면 우리
> 에게 인도는 부정해야 할 '동양'이거나 지우고픈 아픈 기억의 다른 이름인지도 모른다. 그
> 래서 우리는 서양이 구성한 인도, 인도에 대한 영국의 식민담론을 비판 없이 차용하고 복제
> 하여 우리보다 발전하지 못한 인도를 우리의 '동양'과 타자로 바라보면서 한때 막강한 힘
> 을 가졌던 대영제국의 공범이 되어 심리적 보상을 얻는 것이다.(26쪽)

이 무서운 지적은 잘 나가는 베스트 작가와 인도 여행기를 단숨에 벼랑으로 몰아세웠다.
'그렇지, 나 또한 자료에 의지하지 말고 내 시각으로 살피자. 화폭을 거울삼아 있는 그
대로의 역사와 현실을 비추어 보자.'
하지만 나 역시 '복제 오리엔탈리즘'으로부터 완전히 자유로울 수 없음을 솔직히 고
백한다. 나도 모르는 사이에 보편의 시각에 기대어 인도를 타자화하고 있는 나를 발견하는
일은 반복됐다. 그렇지만 겉으로 담담한 표정을 짓는 것도 일종의 자기 기만이요 위선이
다. 애써 이해하려고도 말고, 동정하려고도 말 것. 나 스스로 '그냥 존재할 것.' 중요한 건
바로 이것이다.

열차에서 내려 짐을 찾을 때까지 대합실에서 서성이는데, 각양각색의 문양과 빛깔로

빛은 여인들의 의상에 자꾸만 눈길이 간다. 어색한 눈맞춤과 가벼운 인사가 마침내 "나마스떼"로 통한다. 그 중 아기를 강보에 싸안은 아낙은 내 눈길의 뜻을 이해했는지 다가서자 잠자는 아기를 보여주며 웃음 짓는다. 눈썹 사이에 검은 점이 또렷한 아가의 무구한 잠. 인도의 꿈. 하지만 거리의 인도는 아기의 잠처럼 무구하지 않다. 하지만 그것 또한 하나의 만다라다.

내 삶이 나의 가르침이다

간디 화장터와 간디 기념관에서

님께 인사를 드리려 해도, 나의 절은 그 깊은 곳에 가 닿지 못합니다. 가장 가난하고, 가장 비천한, 길 잃은 자들 함께 님이 쉬고 계신 그 깊은 곳까지는.

오만심으로 결코 가까이 갈 수가 없습니다. 가장 가난하고, 기장 비천한, 길 잃은 자들 속에 초라한 옷을 입고 님이 거니시는 그러한 곳까지는.

—타고르의 『기탄잘리』에서

시인 타고르가 당신을 향해 '거지의 옷차림을 한 위대한 영혼마하뜨마' 이라고 한 고백과 그의 시를 앞세워 두려운 마음으로 붓을 들었습니다. 세상에 태어나 수신처가 없는 영혼의 편지를 처음으로 쓸 수 있는 용기 또한 당신께서 주셨습니다.

◉── 마하뜨마 간디 | 21×15.5cm

"보라, 나는 날개가 없다. 그러나 나는 매일 생각을 통해 여러분에게 날아간다. (…) 여러분

또한 생각을 통해 내게로 날아 올 수 있다."

─감옥에서 아쉬람 아이들에게 쓴 편지

보빨 역에서 수도 델리까지 밤 열차로 9시간을 달려오면서 당신이 남기신 고백자서전

앞에서 저는 자꾸만 무너지고 한없이 작아져야 했습니다.

"대체 사랑으로 깰 수 없는 장벽이 어디 있겠는가." "다른 사람들이 당신에게 주기를 바라는 대로 그들에게 베풀어라." "비폭력이 폭력보다 무한하게 월등하며 용서가 응징보다 더욱 사나이답다고 믿는다." "먹을 것을 위해 일할 필요가 없는 내가 왜 물레질을 하느냐? 는 질문을 받는지 모른다. 나는 내 것이 아닌 것을 먹고 있기 때문이다. 내 동포에게서 도둑질해 먹고 있기 때문이다." "모든 선행은 그 자체가 광고다." "참은 나의 하느님이며 비폭력은 참을 실현하는 수단이다." "나는 다시 태어나고 싶지는 않지만 다시 태어나야 한다면 불가촉 천민으로 태어나고 싶다. 그래서 나는 그처럼 비참한 조건에서 나 자신과 그들을 자유롭게 하기 위해 노력하여 그들의 슬픔, 고통, 그들과 똑같은 모욕을 함께 나누고 싶다."

새벽에 델리 역에 내려 이른 아침 당신께서 이승을 하직한 화장터_{라지가뜨}에 맨발을 벗고 참배한 일은 제 삶에 있어 한없는 은혜와 충격이었습니다. 인도의 아버지_{바뿌}로 추앙되고, 인류의 빛이 되신 영혼 앞에 경배하는 모든 이들의 얼굴은 거룩했습니다. 지구촌의 누구도, 어느 종교인도 새벽이슬 차가운 돌바닥에 엎드려 헌화하기를 주저하지 않았습니다. 그래서였을까요. 관리자의 눈빛이 인도의 자존심으로 가득 차 있음을 느꼈습니다. 순간, 크게 부끄러워지더군요.

한편, "오, 신이시여!" 하고 마지막 남기신 말씀을 새긴 검은 돌 위에 놓인 하트형 헌화들은 한결같이 "당신_{간디}을 사랑합니다" 하고 말하는 것 같았습니다. 당신은 불멸하는 영혼입니다. 모든 이의 가슴에서 불꽃으로 살아 있으니까요. 이어서 당신의 유업과 생전의 삶을 기리는 〈간디 기념관〉을 찾았습니다. 수일 전 뭄바이에서 〈간디의 집〉을 방문한 감회가 채 가시기도 전에 마주한 2층 현관에 걸린 당신의 말씀.

"My life is my message."

나의 삶이 곧 나의 가르침이다.

어느 누가 이처럼 당당하게 사상과 행동의 일체화를 말할 수 있을까요. 스스로의 삶을 가르침의 방편으로 삼은 이 바위 같은 말 앞에서 저는 끝없이 무너졌습니다. 당신은 진정 대장부요, 자비의 표상입니다.

생전에 교분이 있었다는 대만 장개석 총통의 친필仁乃聖乃, 인자이며 성자이다이 눈에 띄지 않아도 기념관에 걸린 당신의 모습은 저의 붓끝을 두렵게 했습니다. 땀 흘리며 당신의 모습을 담아 보려는 어리석은 자의 가난한 영혼은 그러나 행복했습니다.

당신의 생애를 붓으로 헌정獻呈한 다양한 그림 중에 부처와 예수, 그리고 당신께서 나란히 한 길을 걸어가는 그림 앞에 걸음을 멈춘 저는 '진리의 숲'을 떠올렸습니다.

"종교는 같은 한 점으로 모이는 다른 길이다." "불가촉 천민제도가 존속되느니 차라리 힌두교가 사라지는 것이 낫다." "나환자 수용소에서 사심 없이 꾸준히 일하는 선교사들을 나는 존경한다. 힌두교인들이 인도의 부랑아들을 세상에 내팽개친 채로 관심을 보이지 않을 만큼 냉담하게 된 것을 고백해야 하는 나는 부끄럽다."

당신의 이 드높은 고백은 그대로 우리를 찌릅니다. 자국의 이익을 앞세우고 계도하는 이들에게 "나는 전 세계가 이익이 되도록 인도가 일어서기를 바란다. 하지만 다른 나라가 망하면서 인도가 일어서기를 바라지는 않는다"고 하신 말씀은 냉혹한 국제 사회의 현실을 일찍이 꿰뚫어 본 것 같습니다.

하지만 당신의 겸양은 "나는 미래를 예견하지 못한다. 다만 현재를 돌보는 일을 걱정

◉── 영혼의 빛 · 간디 화장터 | 25×18.5cm

할 뿐이다. 하느님은 나에게 다가오는 시간을 다스릴 능력을 주지 않으셨다"고 하셨습니다. 그런데 바로 당신의 이 말 속에 오늘 인류가 처한 재앙과도 같은 경쟁과 다툼을 다스릴 길이 있습니다. 그러나 사람들은 앵무새처럼 당신의 말을 읊조리면서도 따르려 하지는 않습니다. 그래서 저는 또 절망하지 않을 수 없습니다.

그래도 당신은 어둡고 절망적인 이 세상을 위해 간절한 희망의 기도를 들려주십니다. "사랑의 법칙은 세계를 지배한다. 생명은 죽음의 얼굴 속에서 지속된다. 우주는 파괴에도 불구하고 끊임없이 계속된다. 진리는 진리 아닌 것을 누르고 사랑은 끝내 증오를 넘어선다."

　선생님, 고맙습니다.

　오늘 당신의 영혼 앞에 무릎 꿇고 작은 향 사르오니 부디 흠향歆饗하십시오.

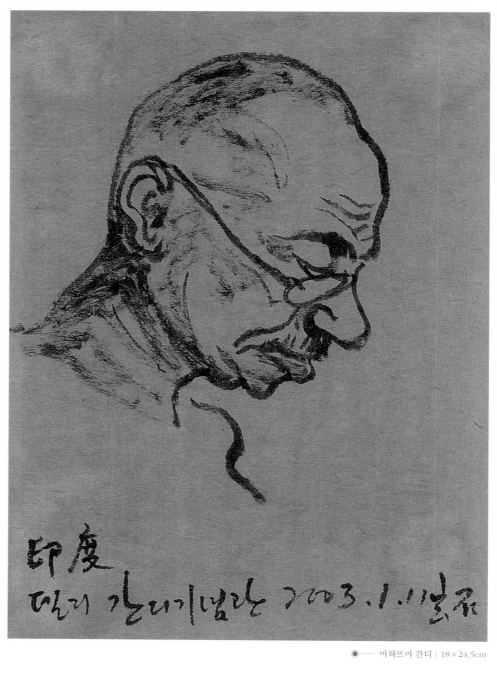

印度
더 간디기념관 2003.1.11 호정

◉── 마하뜨마 간디 | 18×24.5cm

2003. 1. 11
효정

간디 기념관에서.

●—— 마하뜨마 간디 | 18×24.5cm

현실과 문화유산 사이에서

뉴델리 국립박물관 안뜰

인도의 수도 뉴델리의 하늘. 그 하늘 아래의 풍광을 바라보는 일은 심란心亂을 부른다. 고대 왕조의 흥망, 13세기 중앙아시아에서 남하한 이슬람 정권, 그리고 무굴제국의 성쇠, 20세기 영국에 의해 이루어진 식민지배. 이것이 과거와 공존하는 뉴델리의 실상이다.

이러한 역사의 흔적은 곳곳에 남아 있다. 병풍처럼 늘어선 중세의 성탑 형상은 코노트 플레이스Connaught place, 즉 영국인에 의해 설계된 도시계획에 의해 또다시 바뀌었다. 방사선 형태의 도로와 주요 건물의 집산은 지도만 보아도 둥근 광장 중심으로 빨려 들어가고 내뿜어져 나오는 만다라식 공간구조로 펼쳐져 있다.

그 지도의 중심 광장에서 남쪽으로 달리던 차는 국립박물관 근처에서 멈추었다. 인도의 도시 지역 어디서나 그렇듯 창문으로 걸인들이 몰려든다. 어김 없이 "기브 미 머니, 기브 미 머니" 하고 외쳐댄다. 하도 많이 들어서 무덤덤하게 들릴 법도 한데 당혹스럽기는 마

◉── 춤추는 시바신 | 29×32cm

찬가지다. 예전 우리의 아이들이 미군들에게 "헬로우, 초콜릿트 기브 미"라고 했던 사정이
저러했을까.

　인정사정 보지 말라는 경험자들의 충고를 귀가 따가울 정도로 들었는데도 못 말리는
우리 일행들의 손에는 벌써 루뻬, 볼펜 등이 들려 있다. 갓난아이를 꿰찬 젊은 여자, 악기
를 앞뒤로 둘러멘 소년, 땟국물 흐르는 맨발의 소녀가 깡통을 찬 어린 동생을 껴안고 손을
내미는 상황이 한참 동안 계속된다. 실로 난감한 상황을 겨우 수습하고 박물관에 이르자
조금 전의 일이 강 너머의 일처럼 잊혀진다.

◉── 델리의 그늘 | 95×64cm

언제나 찰나와 영겁의 흙먼지를 덮고 있는 선사시대의 유적들. 인더스 문명의 자취. 간다라 불상과 힌두 사원의 조각과 신상 등이 즐비하다. 화첩은 땀에 젖어 자꾸 미끄러진다.

특히 불교의 발상지답게 불교 조각의 풍부한 형식과 내용을 보여주는 붓다의 전생과 탄생설화, 그리고 불상의 변천사를 보여주는 다양한 불두佛頭, 간다라 출토의 불전도. 그 조각의 뛰어난 구성과 솜씨는 실로 호흡을 멈추게 한다.

또한 신神의 나라답게 다양한 신상들의 에로틱한 자태는 눈을 황홀하게 하는데 12세기 남부 인도에서 출토된 '춤추는 시바신상'이 단연 돋보인다. 활활 타오르는 둥근 불꽃 속에서 4개의 팔을 흔드는 가녀린 손길, 요염한 자태에 한 발을 든 날렵한 움직임은 청동조각이 아니라 피가 도는 생명체 같은 느낌을 자아낸다. 기법으로 보자면 공예적 요소가 짙어 신상의 엄숙함과도 거리를 두고 있다. 사실 신神은 때때로 우리를 위해 춤추고 있는지도 모를 일이다. 빛과 꽃향기가 조건 없이 전해 오는 것처럼. 한편 벽화의 이미지를 축소한 세밀화의 색채와 치밀함은 인간의 눈이 카메라의 렌즈를 닮지 못한 것을 한탄하게 한다. 다들 '문화의 항아리에 담긴 술'에 취한 낯빛이다.

그런데 또 이게 웬일인가. 점심식사 장소로 가기 위해 차를 타려는데 아까 만났던 걸인들 모두가 우리를 기다리고 있는 것이 아닌가. 그렇다면 몇 시간 동안 꼼짝 않고 우리를 기다리고 있었다는 얘기다. 한 푼 동냥을 위한 저 처절한 기다림이라니. 한 소녀의 눈빛은 애원을 넘어 구원을 청하는 눈빛으로 보는 이의 마음을 흔든다. 도리 없이 차창 밖으로 손을 내밀자 소녀는 미소 띠며 성호를 긋고 마침내는 합장을 하더니 차가 사라질 때까지 손을 흔들어 준다.

아직 내 마음 깊은 곳에는 문화유산의 그림자가 드리워 있는데, 현실의 풍경은 왜 이리 고단한가. 오늘의 비루한 삶 위에 놓인 저 화려한 과거의 유산은 무슨 의미인가. 같은 오늘을 사는데 나와 저들의 거리는 왜 이리 아득한가.

하지만 과거도 미래도 '오늘 이 순간'이 없이는 의미가 없다. 빛나는 과거도 '오늘' 없이는 존재할 수 없다. 우리가 살아내야 할 시간은 언제나 현실일 수 밖에 없으므로. 그 오늘이 누군가에게는 형벌 같고, 또 누군가에게는 꿈같다 할지라도.

내 삶에서 가장 행복한 날은 언제입니까?

오늘입니다.

내 삶에서 가장 절정의 날은 언제입니까?

오늘입니다.

내 삶에서 가장 소중한 날은 언제입니까?

오늘입니다.

과거는 지나간 오늘이고

미래는 다가올 오늘이기 때문입니다.

―벽암록

사랑의 무덤, 역사의 보은

따지마할과 아그라 성에서

인도는 안개의 나라이다. 어떤 때는 새벽 물안개가 한나절 계속되기도 한다. 운이 좋지 않으면 사진 한 장 제대로 건질 수 없다.

아그라의 명물 중 무굴제국의 '아그라 성'을 찾는 길목도 안개에 젖어 있다. 안개 속에 실루엣을 드러낸 붉은 성은 초현실적 이미지로 다가온다. 악바르Akbar, 1542—1605 왕 때 착공하여 90여 년 만에 그의 아들 자한기르Jahangir, 1569—1627에 의해 완공됐는데 왕비 누르 자한을 위해 지었다고 한다. 높은 담장과 섬세한 장식은 거의 붉은 벽돌로 이루어졌다. 특히 왕비가 머문 곳은 화려한 문양으로 눈길을 끈다. 성은 이중으로 외벽을 쌓고 외부 침입을 막기 위해 이중 벽 사이에는 맹수들을 길렀다고 한다. 이젠 나무와 숲만 무성한 외벽 너머로 희미하게 야무르 강이 흐르고, 그 너머로 또 아스라이 '따지마할'이 떠 있다.

세상에서 가장 아름다운 무덤, 따지마할! 무굴제국의 5대왕 샤 자한Shah Jahan, 1592—1666이 그의 왕비 뭄따즈 마할Mumtaz Mahall의 유언에 따라 지은 궁전식 무덤으로, 따지마할이라는 이름은 왕비의 이름을 줄여 붙인 것이다. 그런데 참으로 역설적인 것은 샤 자한이 말년에 그의 아들 아랑제브Aurangzeb, 1618—1707에 의해 아그라 성에 유폐되어 쓸쓸히 죽은 후 비로소 왕비의 무덤 따지마할 곁에 돌아올 수 있었다는 사실이다.

보름 밤, 야무르 강에 비친 흰 대리석의 타지마할을 하염없이 바라보며 온갖 영화榮華가 번민으로 밤을 뒤척였을 한 사내의 운명을 그려본다. 빛과 그림자, 인과응보, 덧없는 인생.

차는 이제 안개를 뚫고 야무르 강을 건너 따지마할에 닿는다. 세계문화유산으로 등록된 인도의 대표적 문화재인 따지마할은 22년간 2만 명의 장정이 동원되어 1653년에 완공됐다. 이탈리아에서 흰 대리석을, 페르시아에서 공장工匠을 불러와 지은 건축물이다. 이집트의 수에즈 운하, 이탈리아의 콜롯세움, 프랑스의 베르사이유 궁전처럼 막대한 물자와 인력으로 국고를 바닥내어 당시엔 큰 원성을 샀다고 한다. 한 인간의 의지와 집념이 많은 사람들에게 상처가 될 수 있음을 이 건물보다 잘 보여 줄 수는 없을 것이다. 그러나 한편으로 또 고개를 끄덕이지 않을 수 없는 한 가지. 한 사나이 샤 자한의 불타는 사랑과 열정.

진입로 사이로 난 수로에 비친 건물의 좌우 대칭이 시선을 당긴다. 그러다 건물 앞에서 고개를 들면 우아, 치밀, 현란한 장식 앞에 오금이 저린다. 어둠 속에서 인도인 특유의 비릿한 땀 냄새를 맡아가며 겨우 손전등으로 내부 장식을 살펴보고 나오자 앞마당은 어느새 사리를 입은 인도 여인들로 만원이다. 한 여인에 대한 열렬한 사랑의 표상이 되고 있는

●── 따지마할과 아그라 성 | 170×268cm

따지마할은 특히 여성들에게 큰 인기인 듯싶다. 그래서일까. 온갖 색채의 사리를 걸친 귀부인들의 행렬은 잘 가꾸어진 꽃밭 같다.

기념관에서 따지마할 관계 자료와 출토 유물을 살펴보고 나오면서 일행 한 사람에게 물었다.

"어떻게 보셨어요? 그리고 무얼 느끼셨는지요."

"아름답다고 하기엔 너무도 광적이군요. 한 사람의 사랑을 위해 수많은 사람들의 고통이 따랐을 것을 생각하니 다시 오고픈 마음이 사라집니다."

짐작해 보지 않은 바 아니었으나, 이 정도로 초고강도의 부정적 견해를 보이리라고도 생각지 않았는데…. 그 후 한국에 돌아와 읽은 글 중 『야생초 편지』의 저자 황대권 씨의 글은 혼란을 가중시켰다.

오늘날 세계의 관광객들을 끌어들이고 있는 관광 유적들은 모두 한때에 영원히 존속할 것 같은 착각 속에서 번영을 구가하던 문명들이었다. 이 찬란했던 문명들이 어떻게 해서 망했는지에 대한 의견은 분분하지만, 공통적으로 자연의 질서에 반하는 인간의 교만이 자리하고 있었다는 점만은 확실하다. (…) 후대의 사람들은 그 교만을 보고 감탄하며 선인들의 위대한 문명에 경외심마저 품는다. 슬픈 일이다. 사실로 말하자면 그 위대한 유적들은 무지막지한 인권 유린과 치유할 수 없는 자연 파괴 위에 세워진 것이다.

— 〈시민의 신문〉 2003. 6. 30

산더미 같은 대리석을 나르고 그것으로 불가사의에 가까운 집을 짓는 동안 한 생애를

◉── 인다아의 꽃 | 64×48cm

바친 사람들의 피와 땀은, 따지마할의 건축적 진실과 분명 이율배반의 관계다. 한편 세계 문화유산으로서 오늘날 인도에 수많은 달러를 안겨주는 관광자원으로 나라 살림에 큰 힘이 되고 있는 건 또 어떻게 해석해야 할까.

역사는 윤회하는가?

사랑의 무덤이 빚어낸 반생명적 광기와 오늘날 달러 박스 노릇을 하는 역사적 보은報恩 앞에서 나는 또 흔들린다. 빛과 그림자, 선과 악. 현상계의 모든 것은 양면성을 지닌다. 인간사의 희비喜悲는 지속될 수밖에 없는가 보다.

인도의 개성, 인도의 진경

쌍까시아 가는 길

"여행은 의타심을 버리게 한다. 따라서 아끼는 자식일수록 여행을 보내라. 인생은 실로 기한이 정해진 비자visa와 같고 인간은 누구나 나그네다. 간디가 홀로 간 이유는 민족의 독립뿐 아니라 자신의 독립이 중요했기 때문이다."

옆자리의 스님께서 나지막이, 하지만 단호한 어조로 이렇게 말한다. 새삼 내가 지금 여행자임을 되새겨 본다.

델리에서 아그라를 경유해 쌍까시아Sankasya 가는 길. 붓다가 천상의 어머니를 위해 도리천에 오르셨다는 그 효도의 길을, 우리는 안숙선 명창이 판소리로 풀어낸 '부모은중경'을 들으며 간다. 노랫말은 생전의 금하당金河堂 광덕스님께서 지으셨는데, 그 스님의 상좌가 바로 옆자리의 송암스님이다. 스님의 은사에 대한 마음은 세속적 효를 초월한다.

◉ —— 인도의 얼굴 | 63×91cm

그러나 나는 병든 노모를 남겨두고 떠나온 몸이다. 그래서 오늘의 판소리는 '사모곡思母曲'이 된다.

어둠과 안개 속을 빠져 나오자 가로수 사이로 천태만상의 풍경이 펼쳐진다. 겹겹이 폐타이어를 쌓아놓고 짚으로 이은 간이 주막같은 노점상. 긴 우기 때문인지 바닥을 지면에서 띄워 널빤지로 깔았다. 조잡스럽긴 하지만 누각 같은 집인 셈이다. 낡은 사리 차림으로 머리와 손에 무언가를 이고 든 아낙네들의 발걸음과 자전거의 행렬이 이어진다. 쓰러져 가는 담벼락에는 연료로 쓸 쇠똥이 덕지덕지 붙어 있다. 무성한 숲에서 어슬렁거리는 흰옷 입은 사내들은 마치 숲에 깃든 두루미 같다.

낡은 6인승 삼륜차에 수십 명이 매달려가고, 버스 위로 짐과 사람을 포개어 싣고 달린다. 이러한 풍경을 좀더 자세히 보기 위해 나는 버스 조수석을 차지했다. 한편 짐을 실은 트럭들은 온통 현란한 색으로 치장을 했는데 주인 마음대로 착안한 구성과 글씨와 문양이 빼곡하다. 일터로 가는 트랙터에도 사람들의 머리가 오종종하다. 그런데 흥미로운 것은 모두 헤어스타일이 다르다는 점이다. 여성들의 사리 색깔이 다르듯 인도 남자들의 터번도 그 형상이 가지각색이다.

길목에는 신호등이 드물어 알아서 비껴가고 양보해 가는데 의외로 교통사고가 드물다고 한다. 이것이 인도식 개성과 합리다. 가난한 삶이 강한 개성을 도출하고 있다. 한국의 지역 중심권이 모두 서울의 축소판이 되어가는 것과는 대조적이다.

인도 문화의 다양성은 들여다볼수록 놀랍다. 도시 빈민이 우글거리는가 하면 시골 지역에서는 대부분의 사람들이 자족적인 삶으로 공동체와 신에 헌신한다. 거지 천국이면서

◉── 거리의 만다라 | 92×31cm

도 인공위성과 핵을 보유하고 있다. 수없는 종교와 성인을 배출한 나라인 것도 분명한 사실이다.

또한 인도 사람들은 필연보다는 우연을 즐기고 계획보다는 느낌으로 살며 집착하지 않는 것 같다. 이러한 성향은 예술에서도 드러난다. 이를테면 음악의 경우, "인도 음악가는 과거나 현재에도 일종의 즉흥 연주가이다. 단순한 멜로디는 서양의 악보로 기록할 수 있겠지만, 인도는 완성된 기보법의 체계를 고안한 적이 없으며, 옛 스승들의 음악은 영원히 사라져 버린다. 그러므로 모든 연주는 실제로 새로운 작품" 『인도에 대하여』, 이지수이라는 것이다.

10억 인구의 인도. 면적은 총 160만km²로 한반도의 약 14배이다. 그 넓이에 따른 풍토와 기후의 편차도 크다. 히말라야의 만년설과 찌는 듯한 열대야, 그리고 세계 최고의 산들과 끝없는 대평원을 가진 나라가 바로 인도인 것이다.

한편 서로 다른 신앙과 생활 방식 때문에 때론 마찰을 빚고 아직도 카스트Caste가 남아 있는 나라가 인도다. 특히 불가촉민으로 부르는 아웃 카스트는 지금도 심각한 차별을 당하고 있다. 불가촉 천민이란 계급의 의무나 법을 어긴 이유로 계급 바깥으로 축출된 계층으로, 기본적인 인권도 누리지 못한다. 간디는 이들을 구제하기 위해 생전에 '하리쟌신의 자녀'이라고 부르며 그들의 인권 회복에 힘썼던 것이다.

어린아이가 찌그러진 굴렁쇠를 굴리며 가난한 마을길을 에돌아가고 있다. 버스 위에서는 짐짝처럼 실려 가는 사람들이 허연 이를 내보이며 손을 흔든다. 진정 예술이 시대의 반영이라면, 저 모습들 모두 인도의 진경이다.

어린 천사여, 초원의 빛이여
쌍까시아 마을과 아이들

쌍까시아 마을에 도착하자 우리를 반겨주는 사람이라고는 오렌지색 승복을 입은 인도 스님 몇 분이 전부다. 일교차 때문인지 모두 털모자를 썼고 아주 반갑다는 표정으로 빛바랜 명암을 건넨다. 그러나 잠시 후 마을 아이들이 하나둘씩 달려오더니 마침내는 구름떼 같다. 도시나 관광지의 아이들과 달리 손을 내밀지는 않는다. 특유의 큰 눈망울을 굴리며 미지의 나라에서 온 사람들을 바라보는 눈길은 순수하다 못해 성스럽기조차 하다.

인간애의 지고선至高善인 '효孝'의 성지에서 태어난 아이들. 그들은 붓다의 '삼계보도 三階寶道'가 무슨 의미인지를 알까. 아니 모르면 또 어떤가.

천진天眞은 성인聖人의 품성이요, 여래의 참모습이다. 본래의 모습을 간직한다는 것은 진리의 거울을 지닌다는 뜻이다. 참사랑은 천진으로부터 나오는 자비다. 천진한 미소는 흐르는 샘물과도 같이 맑고 순수하다. 그 물은 바라보는 이의 마음속으로 흘러든다. 아니 그크고 맑은 호수 같은 눈에 바라보는 이가 빠져들게 된다. 마침내 응현應現하여 한마음이 된다.

쌍까시아의 천사들. 인류라는 이름으로 그들은 지금 나의 살붙이들이다. 그들에 둘러싸여 화첩을 펼친다. 흙내음마저 싱그럽다. 천상의 바람 냄새도 이러할까. 몇 년 전 아프리카 탄자니아 마사이 부락에서 만났던 쇠똥마을 아이들의 눈망울, 그 어린 천사들의 눈빛이 새삼 떠오른다.

무슨 큰 구경거리나 난 것처럼 아이들은 그림 그리는 나를 에워싸고 알 수 없는 소리를 지르며 깔깔거린다. 살펴보니 큰 아이가 갓난아이를 업은 모양새는 꼭 박수근 그림 '아이 업은 소녀' 을 닮았다.

어느 시인은 박수근의 '아이 업은 소녀' 그림을 보고 이런 구절을 얻었다.

온 종일 아기를 업었다 내려놓으니
그만 내 작은 허리가 없어진 것 같아요

우리의 예전처럼 아마도 저 아이의 부모들은 일터로 나갔을 것이다. 그리고 저 어린 천사는 칭얼대는 동생을 업고 망연히 들녘을 바라보며 해질녘을 기다릴 것이다. 그러니 나 같은 화가의 붓질도 진기한 구경거리가 되는 것이다.

마침내 화첩을 덮고서 어린 천사들과 작별하고 돌아보니 일행은 아무도 보이지 않는다. 모두들 마을 입구에 세워둔 버스로 이미 떠난 모양이다. 다급한 마음에 화구를 챙겨 길을 재촉하는데 호숫가 들녘에서 한 소녀가 목동이 되어 밀레의 그림처럼 떠 있는 게 아닌가. 모처럼의 초원과 아늑한 호수, 그리고 엷은 안개가 스민 숲은 환상의 풍경을 보여주고

◉── 쌍까시아 아이들 | 스케치

있었다. 홀린 것처럼 호숫가로 달려가자 풀을 뜯고 있는 동물은 뜻밖에도 돼지들이다. 야
생 상태로 키우는 돼지인 것 같다. 인간과 자연의 경계가 허물어진 모습이다.

소녀는 염소 같은 양을 모느라 고삐를 잡고 씨름하다가 나를 보고는 당황하며 수줍어
한다. 조금 전 왁자지껄 함께 어울리던 아이들과는 달리 외딴 호수에 홀로 목동이 되어 초
원의 빛에 녹아 떠도는 어린 천사다.

물이 귀한 인도, 아니 물을 성스러이 여기는 인도는 창세기에서부터 물에 깊은 의미를
부여했다.

태초에 무無도 없었고 유有도 없었다. 공계空界도 없었고 그것을 덮을 하늘도 없었다. 그 무엇이 활동할 수 있었으리? 어디에, 그 누구의 보호 아래! 오직 깊고 헤아릴 길이 없는 물은 존재하였도다.

—『리그베다』에서

시원의 물을 마시며 푸른빛으로 번져가는 초원. 한가로운 돼지의 팔자가 복돼 보이는데, 한 쌍의 까마귀가 돼지의 등을 타고 놀아난다. 공생의 드라마다.

숲은 거친 바람을 걸러 호수에 실바람을 실어 보낸다. 그 바람의 파문이 햇살을 받아 은물결 되어 잔잔히 번진다. 모처럼 심회가 한갓지다.

사실 여행에서 '한가閑暇의 도道'를 빼버리면 천격으로 떨어지기가 쉽다. 새로운 것에 대한 배움도, 삶에 대한 성찰도 중요하지만 그것만이라면 도서관을 어슬렁거리는 것보다 못하다. 때로 풍경 속의 점경인물이 되어 무심 속에 가라앉아 보는 것이 바로 여행의 참맛이다. 현장 사생으로 항상 분주한 내게 오늘의 풍광은 축복이다. 이 복을 나는 어떻게 해야 되돌려 나눌 수 있을까.

하지만, 오늘은 다만
나의 연인, 어린 천사여!
초원의 빛이여!
그 눈빛 속에, 바람결에 잠들고 싶어라.

◉── 인디아의 어린 천사 │ 63×92cm

◉── 초원의 빛 | 172×136cm

은하의 강에 흐르는 만인송萬人頌

인도 청년과 쌍감 대축제

한국 말을 독학으로 깨쳤다는 라전 싱RAJAN SINGH, 26세은 델리대학을 나온 명민한 청년이다. 그는 늘 운전석 가까이에서 나의 온갖 귀찮은 질문에도 얼굴 한 번 찌푸리지 않고 친절히 답해준다. 어느덧 마음이 통해 형제애를 나눌 쯤 그에게서 들은 이 한 마디가 내 마음을 몹시 아프게 한다.

"형님, 잘못하면 때려 주십시오."

잘못하면 때려 달라니, 도대체 누구에게서 어떻게 배운 말일까. 한국인의 언어 관습상 맥락에 따라서는 신뢰나 정감을 나타내는 표현이 될 수도 있다. 그러나 라전 싱의 한국어 구사 능력으로 볼 때, 그 말의 미세한 뉘앙스까지 알고 있는 것 같지는 않다. 그래서 그냥 농담으로 지나치기엔 께름칙하다. 나는 이 표현에는 오해의 소지가 다분하다는 점을 일깨워주기 위해 약간의 공을 들이지 않을 수 없었다.

◉── 가이드 라전 싱과 운전기사 꾸마르 | 46×38cm

　　자립과 학업중인 동생 뒷바라지를 위해 주로 한국인을 위한 관광 통역가이드를 생업으로 삼고 있다는 라전 싱. 그의 꿈은 세계의 종교를 영적으로 통합, 인류 평화에 기여할 수 있는 저서를 내는 것이라고 한다. 그는 그 꿈을 이루기 위해 틈틈이 영문 독해를 노트에 옮긴다. 가끔씩 내뱉는 조국에 대한 말에는 인도인의 자긍심이 똘똘 뭉쳐져 있다.

"형님, 인도는 언젠가 세계의 중심이 될 것입니다. 두고 보십시오."

그의 설명에 의하면 어떠한 종교든지 다 받아들이고 수많은 신이 존재하는 문화를 가진 나라는 인도밖에 없다는 것이다. 나는 따지지 않고 순순히 그의 말을 경청해 주었다. 가능한 한 너그러운 형이 되어주고 싶어서.

오늘 1월 14일부터 인도 전역에서 사흘 동안 추수감사제Harvest Festival가 열린다. 남부 인도에서는 뽕갈Pogal 축제로 유명하다. 햅쌀로 밥을 짓고 모든 가축들을 강으로 데려가 씻기고는 갖가지 장식을 하는 의식도 한다. 그 행사에 동참하는 뜻인지 운전사 란지뜨 꾸마르RANJEET KUMAR, 25세도 이마에 노란 칠과 붉은 점을 찍고 특유의 웃음을 머금은 채 운전석에 오른다. 그리고 운전대 앞에 모셔둔 삼지창을 든 시바신神께 향을 피우고 예를 올린다. 기도인즉, '오늘도 무사히' 다.

신혼인 꾸마르는 아내를 처가에 맡겨두고 장거리 출장중인데 운행중엔 곁눈질과 말을 삼가는 것이 철칙인 양 열흘이 지나도록 운전대만 잡고 있다. 그의 끈기와 집념은 무서울 정도인데 아무리 숙소를 권해도 조수디네스와 꼭 차에서 잠을 잔다. 운행 기간엔 차와 함께 생사고락을 같이 해야 한다는 그 같은 태도는 하나의 종교적 의식이다.

새벽 안개를 헤치며 하루를 시작해야 하는 꽉 짜인 일정상 우리는 꾸마르에게 무조건 목숨을 맡길 수밖에 없다. 그 또한 우리와 다를 바 없을 텐데, 그를 믿고 우리는 존다. 사실 시계 5m 정도의 짙은 안개 속을 감感 하나만 믿고 질주하는 자동차는 위험천만한 물건이다. 그러나 무사고 운행에다 도로 사정을 훤히 꿰고 있고, 기도하는 마음으로 운전대를 잡고 있는 꾸마르의 진지한 자세는 늘 우리를 편히 잠들게 했다. 특히 하루 12시간을 주행하면서도 피곤해하지 않는 표정이나, 앞창의 뽀얀 안개에 대비되는 검은 꾸마르의 뒷모습은 어느 순간 불상으로 연상되기도 한다. 하긴 중생을 깨달음으로 인도한 붓다의 길이나 이 순간 우리의 안전을 지키고자 애쓰는 꾸마르의 길이나 크게 다르지 않을 것이다. 어쩌다 소변을 위해 잠깐씩 차를 세울 때마다 나는 어김없이 "꾸마르, 베스트 드라이버!" 하며 고마운 마음을 전한다. 그러면 그는 만족스러운 듯 씩 웃으며 엄지손가락을 들어 보인다.

　　깊은 안개를 뚫고 종일 달려 별이 돋아 오르는 시간, 우리는 마침내 바라나시로 가는 길목인 알라하바드로 들어섰다. 수많은 차들이 갑자기 몰려 고가도로는 가다 서다를 반복한다. 까닭인즉 인도 최대의 축제인 '쌍감Sangam 축제'가 다리 밑에서 열리고 있기 때문이다.

　　정차중인 차에서 뛰어내려 다리 밑을 살펴보니 천막과 보트, 그리고 사람들이 구름 같다. 옆으로 은하銀河를 담은 강물은 흰 광목을 풀어 놓은 듯 끝없이 펼쳐져 있다. 뜻밖의 행운이다. 잠시나마 저 엄청난 축제의 현장을 바라볼 수 있다니.

　　바라나시의 서쪽 135km 지점에 위치한 알라하바드는 예로부터 쁘라야그Prayag라 불리며 하리드와르, 나씩, 웃자인 등과 함께 힌두교의 4대 성지로 불린다. 알라하바드란 '신이 사는 곳'이라는 뜻인데, 마을 북쪽을 흐르는 강가갠지스 강와 남쪽의 야무나 강이 만나는 지점을 쌍감합류점이라 부른다. 그리고 지하로 흐르는 사라스바띠 강도 함께 만나 트리베니 쌍감3개의 강이 합류하는 곳이라고도 부른다. 이곳에서 목욕을 하면 과거의 죄를 깨끗이 씻을 수 있다고 하는데, 아마도 그들은 축제를 통해 공동체의 결속과 개인적인 참회의 시간을 가지는 모양이다. 또 매년 1—2월의 축제 이외에 12년마다 한번씩 꿈부멜라 대축제가 열린다. 수십만 명이 모이는 이 축제는 힌두교의 4대 성지를 3년마다 순회하며 열린다고 한다.

축제는 대낮 태양 아래 펼쳐지는 것이 장관이겠지만 한편으로 별빛 아래 풍광도 특별하다. 간디 이후 국민적 존경을 받았던 네루 수상의 유해도 이곳 강물에 뿌려졌다는 설명을 들으며 강을 건넌다. 별빛이 내린 저 강물 속에 내 마음도 따라 흐른다.

◉—— 알라하바드 쌍감 축제 | 137×172cm

마음 씻고 하늘로 돌아가는 길

바라나시 갠지스 강에서

삶과 죽음이 한자리에 펼쳐지는 곳. 생사의 길이 본래의 면목임을 깨닫게 하는 곳. 불과 물이 상극이 아니라 상생의 존재임을 확인하는 곳이 바로 바라나시Varanasi의 '강가Ganga'다.

누구나 인도를 여행할 때 빼놓지 않는 '강가Ganga'는 우리가 그동안 갠지스 강이라 불러왔던 바로 그 강이다. 인도 사람들은 이 강을 갠지스라고 부르지 않는다. 그들에게 '강가'는 신女神, Gangamataji이기 때문이다. 모든 것을 받아 주고 용서해 주고 또 끝끝내 구원해 주는 어머니의 강, 그것이 바로 '강가'인 것이다.

이른 아침, 동이 트기도 전에 사이클 릭샤를 나누어 타고 강가에 도착한 우리는 강을 건너기 전 온갖 사원이 즐비한 뒷골목을 먼저 찾았다. 온갖 오물과 쇠똥, 그리고 비릿한 냄새, 뼈만 남은 늙은 걸인의 눈빛, 비좁은 골목에서 호객행위를 일삼는 젊은 상인, 뛰어다니며 살판 난 소와 원숭이, 그리고 수많은 사원이 별천지를 이루고 있다.

저마다의 신神을 향해 향을 사르고 예배를 하기 위한 사람들로 북적이는 '강가'는 그 모습만으로도 별천지다. 다양한 복장과 치장 그리고 갖가지 의식 행위는 가히 이곳이 종교의 나라임을 실감케 한다. 강변에도 대부분의 건물은 사원이다. 그 중 황금사원으로 불리는 비쉬와나트 사원Vishwanath Temple이 특별히 눈에 띈다. 12세기 이후 시작된 이슬람 교도와의 분쟁이 지금도 계속되는 곳이라 한다. 총을 든 경비원이 말해주듯 현재 힌두교인만

◉── 비쉬와나트 황금사원 | 스케치

이 출입이 가능하다는 곳을 비공식으로 타협해서 들어갈 수 있었다. 당연히 우리 모두는 배낭을 벗어 경비원에게 맡겨야 했다. 할 수 없이 나는 품속에 화첩을 감추고 들어가 몰래 밑그림을 얻었다.

황금사원을 나서자 미로 같은 골목엔 한국인을 위한 숙박 안내문이 한글로 씌어져 있다. 한국 여행객들이 반드시 찾는 지역이라는 뜻이겠다. 그들은 이곳에서 무엇을 생각하고 무엇을 느꼈을까.

동이 트기 전 서둘러 배를 빌렸다. 온갖 토산품과 등잔불이 배 안에 가득하다. 모두들 소망과 참회의 등불을 피워 '강가'에 띄워 보낸다. 그 모습들이 맑고 경건해 보인다.

스산한 백사장 천막에서 짜이 한 잔을 사 마시며 서성이는 사이, 마침내 해가 솟는다. 현지인들은 남녀노소 할 것 없이 옷을 벗고 강물에 뛰어든다. 어느 배에선 온 가족이 함께 와서 주문을 외고 차례차례 물 속으로 들어가기도 한다.

다시 배를 타고 강을 건너는데, 개 한 마리가 헤엄치는 모습이 보인다. 만만치 않은 거리인데 과연 건널 수 있을까, 하고 걱정을 하는 순간 누군가의 섬뜩한 말이 들려온다.

"아, 저 개요. 매일 강가에 버려진 인육人肉을 먹어 저렇게 힘이 솟을 겁니다. 아마도….."

개의 숨가쁜 도강을 지켜보는 사이, 화장터엔 흰 연기와 매캐한 냄새가 진동한다. 그런 가운데서도 주변엔 수많은 사람들이 아침 기운을 만끽하고 있다. 기도하는 이, 물을 마시고 몸을 씻는 이, 어린아이를 물에 담그는 이, 물장구를 치는 아이들. 원색의 사리와 검붉은 나신으로 이루어진 하나의 만다라다. 하지만 '강가'에 뿌려지는 뼛가루도 유족의 빈

◉─── 바라나시 갠지스 강 · 생사의 노래 부분

부에 따라 차례가 정해진다는 사실을 알고 나면 이곳 또한 욕계임을 깨닫게 된다. 부의 크기에 따라 순서가 매겨지는 현실의 냉정한 계율 앞에서 종교는 무엇이며 내세는 또 무슨 의미인가.

화장터로 오는 시신은 대나무 들것에 실려 온다. 남성은 흰색, 여성은 오랜지색 천으로 감싸인 채 꽃으로 뒤덮여 있다. 화장을 하기 전 시신은 마지막으로 '강가'의 품속으로 들어갔다 나온다. 그러고 나서 불꽃 속에서 재가 된다. 이후 사망자의 직계가족은 13일 동안 금식은 물론 집에서 불을 피우지 않는다. 망자에 대한 남은 자의 예우라고 한다.

다시 '강가'를 본다. 강은 끝없는 흐름으로 순간순간 생멸한다. 나도 한 호흡 한 호흡마다 생멸한다. 매순간 죽으면서 사는 것. 존재하는 모든 것들의 운명이다. 언젠가는 저 피어오르는 불꽃 연기처럼 마침내 내게도 하늘로 돌아가는 길이 열리리라.

◉── 바라나시 갠지스 강 · 생사의 노래 부분(오른)
◉── 바라나시 갠지스 강 · 생사의 노래 | 273×193cm(뒤)

인도
바라나시
갠지스강에서

사탕수수 바람 속으로
기원정사 길목의 여정

닷새를 밤낮으로 달려 붓다의 성도지 보드가야와 라즈기르, 날란다 대학, 빠뜨나, 바이샬리를 거쳐 열반지인 꾸시나가르로 가는 길목이다. 그리고 지금은 붓다의 다비장라마브하르 스뚜빠에서 한국 절 '대한사'로 가는 길이다.

절 입구에 세운 입간판은 네 부분으로 나뉘어 있는데 태극기와 대한사글씨, 인도기와 불기가 한 부분씩 전체를 이루고 있다. 인상적인 디자인 감각이다.

1991년에 터를 잡았다는 절은 한 스님性觀의 헌신과 열정으로 가꾸어지고 있었다. 마당에는 현지인들이 비지땀을 흘리며 돌을 깨고 있다. 먼 옛날 인도에서 건너온 불교가 이젠 그 흐름을 거슬러 온 현장이다.

홀로 절 주변을 둘러보자니 멀리 담장 너머로 흰 연기가 피어오른다. 숨차게 달려가 살펴보니 사탕수수를 끓여 설탕을 만들고 있다. 대나무처럼 곧게 쳐낸 사탕수수 줄기들을

인도 쿠시나가르 한국절 (대한사)에서 일하는 인도인 壺居
2003. 1. 20

◉── 대한사에서 일하는 인도인

기계 속에 넣어 잘게 분쇄하고 그것을 우물같이 둥근 거대한 돌솥에다 물과 함께 넣고는 불을 때 푹 고는 장면이다. 대부분 수작업으로 설탕을 만드는 모습은 그야말로 인도의 체취로 뭉클하다. 멀리서 보았던 연기는 사탕수수를 고을 때 나오는 작은 구름바다, 수증기였다.

사탕수수는 볏과의 여러해살이 풀로 수수와 비슷하며 회백색 꽃을 피운다. 줄기에서 짠 즙을 고아 설탕을 만드는데, 인도의 강가 강이 원산지로 알려져 있는 열대와 아열대 지역에서 재배되는 식물이다. 사탕 제조는 물론이거니와 주스로도 마시는 인도 농민의 주요

소득원이자 생필품이 바로 사탕수수다.

붓다가『금강경』을 설하고 24안거를 보냈다는 기원정사祇園精舍를 향해 길을 떠나는데 이제는 제법 코에 익은 사탕수수 냄새가 발길을 머뭇거리게 한다. 처음 내게 인도는 붓다의 나라였다. 이러한 인도의 인상은 조금씩 불어나 안개와 먼지, 성자와 걸인, 시간을 잃은 신의 나라가 되더니, 이제는 '사탕수수의 나라'라는 또 하나의 목록을 추가한다.

광활한 대지에 끝간 데 없이 펼쳐지는 초원에는 어김없이 사탕수수의 물결이 춤춘다. 하늘을 향해 선 수직과 수평의 상응相應. 거침없는 대지의 노래다. 앞을 보니 또 사탕수수의 진군이다. 트럭 위로 쌓을 수 있을 데까지 높인 사탕수수 더미는 예전 데칸 고원을 가로지르며 마주쳤던 우마차의 장엄한 행렬과는 또 다른 감동으로 다가온다. 저 위태로운 덩치와 키로써 질주하는 사탕수수의 진용陣容을 대체 무엇으로 막을 것인가. 그 길을 따라 또다시 인도의 풍물 속으로 들어간다.

염소와 양들이 풀을 뜯고 쇠똥을 온통 외벽으로 치장한 듯한 ㄱ자 집들이 즐비한데, 나무 뒤에 숨어 손을 흔드는 붉은 사리의 소녀. 먼지를 뽀얗게 뒤집어쓴 새카만 아이들의 맑은 눈빛. 어느 생인가 한 번쯤 스쳤고 또 맞이할 인연이겠지.

저무는 햇살을 업고 쇠똥을 거두는 아낙들, 그 쇠똥을 소쿠리에 이고 둑길로 걸어오는 소녀들, 긴 막대로 망고를 따는 노인, 그의 곁에서 맴도는 검은 소, 그 소의 등에 올라 타 날개를 펄럭이는 왜가리.

인종과 국경의 장벽을 넘어 인간 본연의 모습을 보는 이 순간, 나는 절망한다. 이 모든 것을 형용할 수 없는 나의 붓끝은 공허하다. 만약 연암燕巖 박지원朴趾源 1737—1805이 이곳을 지났다면 어찌 했을까.

● —— 사탕수수 | 32.5×49cm

◉ ── 설탕 만들기 | 92.5×42.5cm

그는 말했다. "비슷한 것은 가짜"라고. 그렇다면 어찌할 것인가 나는. 차라리 무지의 우를 범할지언정 앵무새 흉내는 거두어야 하리라. 연암은 내게 절망과 함께 용기를 선사한다. 그가 내게 말한다. "인도의 생생한 기류 속에 네 자신을 던져라. 그리고 그냥 너의 붓을 들어라."

지나온 풍광의 잔영이 가시기도 전에 이번엔 코끼리의 행차가 또 내 혼을 앗아간다. 가로수의 가지치기를 하는 코끼리의 솜씨가 그야말로 신묘하다. 삐져나온 나뭇가지를 코로 감아 가볍게 자르는 저 육중한 날렵이라니. 너무 신기한 나머지 차에서 내려 다가가니 코끼리를 탄 주인이 서커스 흉내를 낸다. 물론 루삐를 의식한 행동이다. 밉지 않아 보여서 기꺼이 장단을 맞춰 주고자 루삐를 내밀었다. 예상대로 코끼리는 날름 코로 받는다. 그런데 더 놀라운 건 그것을 주인에게 정확히 전달하는 것이었다. 모두들 영물이라고 찬탄하기도 하고, 변절의 세상에서 모처럼 '충직'을 본다는 말을 하기도 한다. 그렇긴 하지만 글쎄, 보람 없는 재주 피우는 곰 생각이 나서 께름칙한 기분이 드는 것도 사실이다.

서서히 어둠이 밀려든다. 사탕수수도 칼바람에 잎이 날리는 시간이다. 아기를 앞가슴에 품고 짐을 머리에 인 아낙이 귀로를 재촉하고 있다. 등에 줄을 매 동생을 업고 들길을 가는 소년의 모습이 아스라하다. 그들을 따라 우리도 길을 재촉한다. 마침내 하루 일정을 마치고 복작거리는 간이 시장으로 들어서자 가장 먼저 사탕수수 즙을 짜서 파는 상인들이 눈에 띈다. 인도의 사탕수수는 사방천지, 밤낮을 가리지 않는 모양이다.

강물을 거슬러 히말라야로
나가여니 강과 뽀카라 호수에서

인도 국경을 넘어 네팔 땅에서 맞이한 아침.

"안녕히 주무셨습니까. 오늘 저희는 룸비니를 떠나 이제 히말라야로 떠나겠습니다."

오! 히말라야. 라전 싱의 한국 발음에 꽤 익숙해진 일행들 모두 설레는 눈빛이 역력하다. 네팔의 수미산須彌山. 히말라야의 안나푸르나. 그 산빛이 어느새 그리움으로 성큼 다가선다.

종일 차를 타고 가서 해질녘에 뽀카라Pokhara에 당도할 여정이다. 오늘 하루는 군데군데 쉬면서 지금까지 여행의 느낌과 성과를 각자 돌이켜 볼 시간을 갖기로 했다. 그런데 나는 여전히 새로운 풍경에 눈길이 간다. 거리의 풍경 중 가장 흥미로운 것은 단연 영화 포스터인데 마치 거대한 대자보 같다. 가난한 마을에까지 벽이란 벽은 다 점령한 것 같은 컬러 포스터는 하나같이 전쟁과 사랑의 메시지이다. 사내 주인공은 용맹스럽고, 여배우는 비련

● ─ 네팔 멀드가뜨 마을의 원더나 씨

의 여인 냄새가 물씬하다.

　길은 강을 내려다보며 달린다. 나가여니 강이다. 유유히 흐르는 그 강을 따라 마음도
흐른다. 숲 사이로 스미는 햇살은 투명하다 못해 눈부시다. 산과 다랑이 밭 아래로 에돌아
가는 청록빛 강물은 때 아닌 은하수가 되어 출렁인다. 그 순간 불현듯 우리의 동강東江이
떠올랐다. 수년간 발품을 팔며 동강을 걷고 걷던 일. 그 걸음이 '동강 12경과 전도全圖'로
까지 이어졌던 일이 전생의 일처럼 스친다.

"아무리 일정이 빠듯해도 그렇지, 저 강물을 두고 어찌 그냥 지나친단 말입니까?" 내 항변조의 호소에 "예, 그렇지 않아도 강변 어디쯤에서 도시락을 풀 예정입니다. 조금만 참 으세요" 하는 넉넉한 답이 돌아온다.

나의 부족한 인내는 일행들이 강을 바라보며 도시락을 채 풀기도 전에 강변으로 달려 간다. 백사장의 모래는 그야말로 금싸라기, 온갖 보석이 부서져 강가에 지천으로 깔린 듯 하다. 손가락 사이로 빠져 흐르는 감촉이 눈부시다.

나는 순식간에 그 보석들을 검은 필름 통에 담았다. 그 보석을 어루만지며 주위를 살 펴보자, 황토벽에 초가지붕은 흡사 예전의 우리네 시골을 그대로 옮겨다 놓은 것 같다. 그 리고 그곳의 아이들. 하나같이 내 어린 시절의 벗들을 빼닮았다.

산길이 깊어지자 강물도 숨어버린다. 휴식을 위해 작은 마을에 내리자 이곳 또한 이웃 의 모습으로 정겹다. 낯설어하지 않기는 그들도 마찬가지다. 이마의 붉은 점과 현란한 색 채의 옷을 빼고는 우리네 산마을 사람들과 흡사하다.

손녀를 품에 안고 머리 손질을 하는 할머니, 아궁이에 걸쳐진 무쇠 솥, 둥근 채에 쌀가 루를 손으로 이기는 아낙. 다만 낯선 풍경은 머리에 이는 대신 이마에 끈을 두르는 지게로 짐을 지고 가는 여인들의 모습뿐이다.

우리의 옛 점방 같은 곳에서 간식을 사던 일행들이 사진 찍기에 열중하니 젊은 여인이 아주 수줍은 얼굴로 일행을 바라본다. 멀드가뜨 마을의 원더나20세라는 여인이다. 마치 누 이동생처럼 친근한 얼굴인데 해맑고 수줍은 미소에 우수 어린 눈빛이 아름답다. 궁금하여 통역을 청하니 결혼은 했으나 아이가 없는 신혼이란다.

예정대로 땅거미가 짙어지는 시간에 뽀카라에 당도했다. 어둠이 깔리는 뽀카라 호수는 넓고 검푸르다. 가까운 산빛이 겹겹 수묵화가 되어 가물거리고 작은 배들의 불빛은 파리하다. 어느새 작은 현악기를 퉁겨대는 집시풍의 행상들이 달려든다. 나의 방랑기는 더욱 고조된다.

마침내 올려다본 하늘 아래엔 히말라야가 어둠에 휩싸여 있다. 어쩌면 히말라야의 새 날을 열기 위해 오늘 하루의 커튼이 지금 막 내려졌을 것이란 생각으로 아쉬움을 달랜다.

◉── 네팔 나가여니 강 | 93×64cm

밝아오는 하늘지붕 아래서

히말라야 안나푸르나의 새 날

　새벽 5시, 이름도 사랑스러운 '사랑 코트'. 그 전망대에 오르면 히말라야 안나푸르나가 펼쳐진다는 말에 일행은 캄캄한 산길을 조심조심 오른다. 하늘엔 반달이 내내 따라오며 길섶을 살펴준다. 산 아래에도 마을의 불빛들이 가물거린다. 지상과 우주가 모두 어둠 속에 빛을 토하고 있다.

　여명 속에 하나 둘씩 깨어나는 히말라야의 산마을. 여인들이 물을 긷기 위해 통지게와 물통을 들고 오르내린다. 어깨띠와 이마띠 중 어느 것이 더 신체적으로 합당한 것일까. 과학적으로 증명하기 어려운 이 풍습은 몇 해 전 아프리카 마사이족들이 이마띠로 나뭇짐을 나르던 것을 본 이후로 계속 따라다니는 의문이다.

　히말라야 산지에 제비둥지 같은 집을 짓고 사는 사람들. 그러나 이들의 삶은 국제적이다. 수공예 기념품과 약초를 파는 이들의 고객은 세계 곳곳의 다양한 인종들이다. 즉 히말라야의 품은 지구촌의 이웃을 새벽같이 불러들일 만큼 넓고 높고 매력적이다.

드디어 비 오듯 흐르는 땀을 훔치며 사랑 코트 전망대에 이르자 벌써 많은 지구촌 형제들이 카메라를 매만지며 서성이고 있다. 어두운 산을 오르느라 우리 일행은 어쩔 수 없이 뿔뿔이 흩어졌다. 외길이기 때문에 길 잃을 염려는 없으나 절대 무리하지 말고 힘이 부치면 즉시 하산하라는 안내가 있었음에도 불구하고 전망대에 먼저 오른 분들은 칠순이 넘은 어른들이다. 이 놀라운 사실은 어떻게 이해해야 할까.

히말라야는 운무에 휩싸여 있다. 어쩌면 오늘 정상의 자태는 볼 수 없을지도 모르겠다는 말이 들린다. 무릎에서 기운이 빠져나가는 소리가 들리는 것 같다.

2000년 여름, 탄자니아에서 킬리만자로의 만년설을 보기 위해 아루사 마을을 지날 때 함께 차를 탄 대사 부인이 말했다.

"이 선생께서 전생에 얼마나 공덕을 쌓았는지 어디 오늘 한번 지켜봅시다."

그날 나는 끝내 구름에 휩싸여 모습을 보여주지 않는 킬리만자로 앞에서 얼마나 내 부덕을 탓했는지 모른다. 하지만 오늘은 그날과 다르다. 나의 부덕보다는 저 절절한 지구촌 형제들의 염원과 순례의 기도가 있지 않은가. 행운을 기대하며 인적 드문 벼랑 끝 돌담아래 화첩을 펼쳐놓고 먹을 간다. 마치 심신이 허공에 떠 있는 것 같다.

그렇게 기다리는데 맞은편에서 사람들이 환호성을 지른다. 전망대로 뛰어 올라가 보니 검푸른 구름 창을 뚫고 태양이, 붉은 해가 마침내 돋아 오르고 있는 것이 아닌가. 이렇듯 해는 장엄한 하늘지붕을 비추기 위해 반대쪽에서 솟구치니 히말라야는 태초부터 새 날의 햇살로 살아나는 운명을 타고난 산인 것이다.

사랑 코트 전망대에 오른 모두의 행운이 합쳐져 '하늘 문'이 열렸을까. 또 행운은 그것으로 끝나지 않았다. 해가 솟아오르자 안나푸르나를 가로막고 있던 구름층들도 하나둘 꼬리를 물고 사라지는 게 아닌가.

오! 안나푸르나Annapurna. 해발 7,555m에 이르는 설산雪山의 위용은 산 아래에 걸린 운무로 하여 더욱 신비롭다. 그런데 피라미드처럼 뾰죽하게 솟아 정상처럼 보이는 봉우리는 마차푸차레해발6,993m다. '물고기 꼬리'라는 뜻으로 정상에 올라보면 형상이 꼭 그렇게 보인다 하여 붙여진 이름이라고 한다.

어쨌든 안나푸르나 제3번 봉우리를 중심으로 좌우에 제1, 제2, 제4 봉우리가 양 날개를 펼치듯, 하늘 지붕의 용마루가 되어 끝간 데 없이 펼쳐지고 있다. 그 산허리를 맴돌다 내려온 봉우리 아래로 구불거리며 달려오는 한줄기 유장한 강물 띠를 따라가자 주변으로 논밭과 성냥갑 같은 집들이 모습을 드러낸다.

모든 어둠을 떨치고 솟아오른 해. 그로 하여 하늘과 땅의 경계는 무너지고天地不二, 삼천대천세계는 하나로 돌아간다萬法歸一.

히말라야의 빛, 온 누리에 번진다.

히말라야 산마을

히말라야 산마을 | 28×40.5cm

◉── 히말라야 안나푸르나 | 143×74cm

한지에 담은 '인도의 인연'

한·인 수교 30주년 기념 작품전

첫 여행 후 다시 인도 땅을 밟은 2003년 12월 5일.

뉴델리New Delhi의 레리뜨 깔라 아카데미Lalit Kala Akademi 제7 전시장에서 '인도의 인연Karmaic Connexion with India' 전이 열렸다12. 5—12. 11.

나의 7번째 개인전이기도 한 이 전시는 '한국-인도 수교 30주년 기념전'으로 기획됐다. 오프닝 행사장에서 권순대 한국대사 내외를 비롯해 각국 대사와 내빈, 그리고 교민들이 모여 잔을 높이 들었다.

"한국과 인도의 인연을 우리 모두 함께 축하합시다."

전혀 예상조차 할 수 없었던 이 무거운 인연은 시간의 강물 속에서 소리 없이 흘러왔다. 내가 한·인 수교의 역사도 알지 못한 채 지상에 '인도그림기행'을 연재하고 있을 때 KOTRA대한무역투자진흥공사의 윤원석 부장이 내게 특별한 제안을 해왔다. 금년2003년이

한 · 인 수교 30주년으로 연말에 〈한국상품종합전시회〉가 뉴델리에서 열리는데 함께 문화 전시를 해볼 의향이 없느냐는 것이다. 뜻이 있다면 대사관 측과 연계하여 미술전시회를 포함시켜 자신이 추진해 보겠노라고 했다.

윤 부장과는 2000년 아프리카 탄자니아 국립박물관에서 열렸던 나의 개인전 때 만났는데 그는 당시 동아프리카 지역 한국 무역관장으로 일하고 있었다. 그의 제안을 듣고 주 핀란드 대사 시절부터 늘 후견인이 되어 주시는 국제문화교류재단 이인호 이사장께 상의하니 주 인도 한국대사관과 바로 연결시켜 주시는 게 아닌가.

한국대사관에서는 수교기념전 행사상품전, 패션쇼, 세미나, 무대공연가 겹쳐 전폭적인 지원은 어렵고, 후원업체만 있다면 환영이니 관계 자료를 서둘러 보내라고 했다.

국제전을 마련해 주었던 전 탄자니아 한효승 대사의 추천과 인도 그림연재 및 지난 작품전 자료를 외교부를 통해 발송하자 바로 회신이 왔다. 결론적으로 수교기념전을 갖기로 결정했다는 것이다. 나는 뉴델리에서 국제전이 열릴 수 있는 미술관을 신중히 결정해 바로 예약해 줄 것을 요청하였다.

이렇듯 급물결을 타던 전시계획은 윤 부장이 캐나다 밴쿠버 한국무역관장으로 발령이 남으로써 그만 무산될 위기에 빠졌다. 따라서 나는 스스로 후원업체를 구해야 할 난관에 봉착했다. 성급한 전시계획에 대해 크게 후회하지 않을 수 없었다. 그러나 나를 위해 애써준 분들에 대한 기대를 저버릴 수도 없었고, 전시회 또한 수교 행사의 중대사라 백방으로 뛰어다녔으나 별무소득이었다. 인도 진출업체마저도 별다른 반응을 보이지 않았다.

결국 이제는 마지막이라는 심정으로 무거운 걸음으로 찾아간 곳이 문화관광부의 문화교류과. 다행히도 실무진권영섭 사무관, 권준 주사은 나의 처지를 정성껏 경청해 주었고 관계

An Art Exhibition commemorating the 30th Korea-India Amity Anniversary

Karmaic connexion with India
인도의 인연

Lee Hoshin(Korean Artist)

‘Varanasi Ganges River - songs of life and death' 바라나시 갠지스 강 - 삶과 죽음의 노래 | 194×259 in 2003

※ P e r i o d : December 5th, 2003 ~ December 11th, 2003
※ V e n u e : Lalit Kala Akademi, New Delhi, India
　　　　　　　Rabindra Bhawan, Feroze Shah Road, Mandi House,
　　　　　　　Tel : 23387243　http://www.lalitkala.org.in
※ Sponsors : Korean Embassy in India
　　　　　　　Ministry of Culture and Tourism, Republic of Korea
　　　　　　　Korea Foundation
※ Consenters : *Asiana Airlines*, Silk Road Tour Co.,
　　　　　　　Dopian Temple in Ansung

서류를 인도대사관을 통해 접수키로 했다. 이 기적 같은 고마운 만남은 타는 가뭄 속 소낙비처럼 무산 직전의 전시계획을 회생시켰다.

　　문화교류과에서 도록 제작 경비와 왕복 작품 수송을 책임져 주자, 이번에는 아시아나항공에서 왕복 티켓을, 그리고 인도 여행의 인연을 맺은 안성 도피안사와 실크로드 여행사에서도 귀한 후원금을 보내주어 일시에 전시 추진이 원활하게 되었다. '인도의 인연' 전은 많은 보살핌 속에서 이루어진 것이다.

118

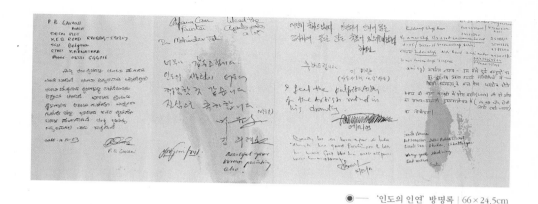

●── '인도의 인연' 방명록 | 66 × 24.5cm

이호신 선생님 인도 전시를 축하드립니다.

우리 문화예술을 인도에 알리고

양국간의 문화교류에도 크게 도움이 되는

좋은 기회라고 생각합니다.

2003년 12월 11일

문화관광부 문화교류과장 김 성 일

뜻밖에도 꽃다발을 들고 인도 현지 전시장을 찾아준 김 과장이 방명록에 남긴 기록은
그동안의 모든 어려움을 잊게 했다. 지난 얘기지만 인도 현지 사정상 갖가지 행사로 대사
관 인력이 부족하여 작품 설치 및 진열도 손수 해야했다. 다행히도 재입국 때 공항까지 나
와 준 라전 싱과 그의 선후배 4명은 현수막과 포스터 부착 그리고 작품 설치 및 진열까지
도와 주었다.

그런데 문제는 당연히 압정과 못을 칠 수 있는 전시장 벽면이려니 생각했는데 레리뜨 깔라 아카데미 국립미술관 형태로 국가가 운영 전시장은 못 하나 칠 수 없었다. 줄을 내려 액자만을 매달게 되어 있는 콘크리트 벽면이었다. 원활한 수송을 위해 5m가 넘는 그림 등은 모두 두루마리 표구로 한 까닭에 그러한 벽면 상태론 작품 설치가 불가능했다.

당황한 나는 전시 관계 책임자에게 양면 테이프를 이용하여 작품을 벽면에 붙일 수 있도록 부탁했으나 막무가내로 거절, 오픈 전날까지 애를 태웠다. 결국 대사관 홍보관의 사정과 벽면 훼손시 원상복구 및 책임을 지겠다고 약조하고서야 작품 설치를 겨우 마치고 이틀날 전시 개막을 가졌다.

지난 아프리카 탄자니아 국립박물관 전시 땐 오프닝 행사 중에 갑자기 불이 나가 애를 태우더니 이번엔 오픈 전날까지 전시가 무산될까 봐 긴장 속에 잠을 설쳐야 했으니 제3세계에서의 현지 전시는 경험해 보지 않고는 그 어려움은 상상조차 힘들다.

출품작은 인도의 문화유산 따지마할과 아그라 성, 보드가야 대탑, 아잔따 석굴, 엘로라 석굴, 싼치 대탑 등과 현재의 삶을 한지 위에 수묵과 채색으로 담은 것이었다. 강가 강의 생사生死의 모습, 인도의 성자 간디와 길에서 만난 인디아의 얼굴들. 그리고 마을 및 자연과 풍속도 포함시켰다.

2층 규모의 8개 전시장 중 유일하게 한국인 전시가 열린 제7 전시장은 가장 넓은 공간으로 연고가 없는 내게 여러모로 뜻밖의 관심과 격려, 분에 넘치는 인사도 있었다.

"인도의 문화유산을 우리는 잊고 지내왔는데 한국인이 와서 일깨워 주었습니다. 대단히 감사하고 또 부끄럽습니다."

◉── 좌로부터 작가 띠와리와 그의 아버지, 그리고 출판인 굽다 씨

　관람객은 방명록에 깨알같이 자신들의 감상을 써 주었고 나는 틈틈이 그들의 얼굴을 화첩에 담았다. 많은 예술인들과 언론인들의 방문. 식사 초대 제안과 주소를 적어주며 다시 만나기를 희망하는 이들의 고마움을 잊을 길 없다. 특히 건너편 공간에서 전시를 함께 한 여성 작가 띠와리Purnta Tiwari. 29세와는 매일 음식도 나누어 먹고 작품에 대해 많은 얘기를 나누었다. 그녀는 자신의 가족들을 모두 소개해 주었다. 폐막 때에는 작은 선물이라며 유리로 된 인도 가네쉬 신神, 코끼리형상 조각을 건네주며 "부디 행운을 빈다"고 했다. 지금도 나는 그것을 책상 위에 두고 고마움을 떠올린다.

　무엇이 그리운지 하루도 빠지지 않고 매일 전시장을 찾아준 과학자 가우담N.K Gautam 씨. 그는 나와 동갑이었으므로 금새 친구가 되었고 아내를 소개하기도 했다. 그리고 훗날 해마다 연하장을 보내오는 은행원으로 한국통 지인을 자랑하던 라윈드라 죠드리씨, 그는 줄곧 자신의 초상을 보내 달라고 요청해 와 화첩 그림을 복사 코팅하여 보내 주어야만 했다. 전시 후 꼴까타로 급히 떠나는 바람에 식사 약속을 어겨야 했던 우아한 인도 미인 리우아라, 그리고 가난하고 외롭지만 순수한 열정을 지닌 조각가 꾸마르 등이 생각난다.

한편 누구보다 작품 통역과 전시장을 지켜준 인도 청년들고르브, 웃담, 포틴, 라전, 아베과 고마운 우리 교민들을 어찌 잊으랴. 누님 같은 따뜻함을 지닌 아쇼까 호텔 한국식당금강의 이미란 사장, 그 식당에서 우연히 만난 곽희영 씨인도철학 박사과정와 전시장에 꽃을 들고 온 이어진 씨델리미술대학 재학, 그리고 함께 수교 작품전을 가진 박여송 선생AIFACS Gallery, 12. 9 —12.14 가족들의 따뜻한 배려도 잊을 수 없다.

'인도의 인연' 전은 이처럼 많은 분들의 배려에 힘입었고 문화 외교를 떠나 작가 개인적으로도 큰 행운이 아닐 수 없었다.

인도 현지 한국대사관을 찾아 권순대 대사께 처음 인사드렸을 때 생면부지의 나를 쳐다보며 던진 한마디가 기억난다.

"이 선생, 용감한 자가 미인을 만난답니다."

나의 무모하고도 가상한 용기가 마침내 '인도전'을 치러낸 것이다.

형님, 안녕히 주무셨습니까

델리에서 맺은 인디아의 동생들

경제 불황에도 불구하고 영화만은 연일 관객동원의 기록을 깨는 한국처럼, 인도도 영화에 대한 열정이 뜨겁다.

현재까지 인도 최고의 흥행작은 〈깔 호오 나호Kal Ho Naa Ho〉. 직역하면 '우리에게 미래가 있을까 없을까' 이다. 인기 정상의 샤루칸과 알리칸, 그리고 여배우 브리티 진타가 주연한 이 영화는 멜로물임에도 불구하고 인도 문화의 다양한 표정을 담고 있다. 또한 감동적인 휴머니티를 내장하고 있다. 나는 이 한 편의 영화로 오늘날 인도인의 내면과 사고방식을 간접 체험했다.

뉴델리의 외곽 삐담뿌라Pitampura의 낡은 5층 건물에 월세를 내고 사는 인도 청년들에게 끼여 전시 기간 내 신세를 지고 있던 나는 그들을 위해 모처럼 함께 늦은 밤길을 나섰다. 오토바이와 오토 릭샤를 나누어 타고 번잡한 야채시장을 뚫고 도착한 셔므라뜨SAMRAT 극장.

123

● — 델리의 동생들—스케치

　시장도 만원이고 극장도 만원인데 사람들은 실내에서도 흡연과 휴대폰, 그리고 고성을 일삼고 화장실은 지린내로 진동했다. 그나마 흥미로운 것은 가로지르는 좁은 좌석 통로를 위해 엉덩이를 뒤로 밀면 의자가 밀려나 통행이 가능하도록 한 시설이다.

　여행사 겸 숙소의 수장인 라전 싱이 출장을 간 터여서 남은 4명의 형제들아베, 고르브, 웃담, 라제스만 데리고 와서 〈깔 호오 나호〉를 보는데, 건너편 좌석의 라제스는 상영 시간 내내 훌쩍거린다. 중간 휴식 시간을 포함 무려 3시간이 넘은 영화를 보고 새벽 1시가 넘어 귀가 한 시간, 그때서야 형들은 제일 어린 라제스19살를 놀려대기 시작한다.

"야, 라제스! 너 또 그 여자 생각난 거지? 솔직히 말해, 그렇지?"

사정인즉, 먼 타지보드가야에서 어린 신부 수니타17세와 결혼한 라제스는 결혼 3개월 만에 아버지의 권고로 아내와 떨어져 이곳 집에 매월 50달러로 고용된 일꾼이다. 검은 피부에 곱슬머리. 자라지 못한 키에 순박한 눈빛을 지닌 라제스는 한 마디 대꾸도 않고 그저 또 눈물만 글썽인다.

저 어린 사내의 사랑이 얼마나 깊은지는 알 길 없으나, 고향을 떠나와 온종일 주방일과 세탁일로 지새는 모습은 너무도 안쓰럽다. 이곳 형들은 모두 델리대학을 나오거나 재학 중이어서 아침만 먹으면 각자 흩어지건만 라제스는 온 하루를 집안 일로 보내는 것이다. 그는 특별히 나를 위해 쌀로 밥을 짓고 계란 토스트와 짜이를 아침마다 접시에 담아 주고, 점심까지 챙기는 일을 잊지 않았다. 베란다에 빨래를 늘어놓고 가면 저녁엔 어김없이 내 침실 위에 포개 놓았으므로 나는 그를 위해 작은 엽서에다 선물로 그의 얼굴을 그려 주었다. 그것이 그토록 좋았는가. 그는 즉석에서 비닐을 구해 코팅을 해서 주방 벽에다 붙여놓고는 나를 볼 때마다 엄지손가락을 내 보이며 환하게 웃는다.

아직 경제적 자립이 어려운 이곳 형제들은 월세를 공동분배하며 살고 있는데, 나의 체류를 위해 하나뿐인 침대를 나에게 제공했다. 그리고 저들은 시멘트 바닥에 낡은 요를 깔고 서로 부둥켜 안 듯이 하며 새우잠을 잤다. 나는 사실 전시장 주변에다 숙소를 정할 수도 있었지만 인도의 살 냄새를 좀더 맡고 싶고, 전시장 안내 및 통역을 형제들에게 부탁한 터라 함께 지내고 싶었다.

아침 9시면 라제스가 싸준 토스트 도시락을 챙겨 웃담델리대학 경제학과 4년과 함께 오토

◉── 인도 청년 라제스 | 58×35cm

릭샤를 타고 전시장으로 향했다. 델리 중심가Feroze Shah Road, Mandi House까지는 꼬박 한 시간 이상이 걸리는 거리다. 먼지와 배기가스, 온갖 소음에 노출된 오토 릭샤를 타고 가는 동안 줄곧 손수건으로 입과 코를 막아야 했고 평균 요금은 80루삐였다.

전시장엔 **고르브 학생**네루대학 한국어과 2년이 항시 먼저 와 있어 언어 장벽은 해소되었다. 국제 교류 장학생으로 뽑혀 한때 서울대학교에서 수업했던 관계로 한국의 실정을 잘 알고 있는 그에게 '고향의 봄' 노래를 가르쳐 주었더니 며칠 새 제법 부르며 자랑스러워한다.

외모까지 한국 사람을 닮은 고르브는 "선생님, 저는 정말 한국 사람이 되고 싶습니다.

◉── 델리에서만난동생들(좌로부터 고르브, 웃담, 아진뜨)

또 한국 여자와 결혼하고 싶어요" 하여 나는 그에게 "너는 인도 사람으로서 한국을 가장 잘 아는 사람이 되면 되지, 어떻게 다른 나라 사람이 되려고 하느냐"고 다그쳤더니 머쓱해하며 고개를 끄득였다.

　오후 7시에 문을 닫는 전시장을 나와 고르브와 헤어진 후 웃담과 나는 오토 릭샤로 다시 숙소로 돌아오곤 했는데 몇 차례 방에서 조촐한 파티를 열었다. 유창한 한국말에 빼어난 유머 감각과 다부진 인상으로 인도의 자존심을 피력하는 라젼 싱27세, 상냥하고 예의바른 큰 형 아베28세, 과묵하고 사내다운 기질의 뽀띠27세, 아베의 친동생으로 학구파인 아진뜨26세, 작은 키에 순박한 눈빛을 가진 청년 웃담20세, 그리고 막내이자 유일한 유부남(?)인 라제스19세와 함께 전시 종료 전날 밤 석별의 정이 아쉬워 늦도록 음식과 잔을 기울였다.

빈대떡 같은 짜빠띠 종류의 빠라타, 치킨을 요리한 커밥, 두부요리인 샤이뻐니르, 그리고 쌀밥과 치킨을 섞은 비리야니와 몇 가지 음료, 이들을 거실 바닥 신문지 위에 펼쳐놓고서 나는 그들과 형제애를 나누었다. 그리고 어린 동생들에게 그동안 내게 베풀어준 고마움과 '인도의 인연' 전이 암시하듯 전시는 처음부터 끝까지 함께 이루어낸 것임을 강조하고 자축했다.

아침이면 어김없이 눈을 비비고 나와 "형님 안녕히 주무셨습니까" 하고 서툰 발음으로 예의를 갖추던 인도의 어린 형제들, 나는 다시 그들을 떠올리며 지구촌의 우정과 나눔의 기쁨을 생각한다. 그들도 분명 나를 잊지 않고 기억할 것이다. 그리고 혹 한국과의 인연이 닿는다면 나 또한 형제들을 내 집으로 따뜻이 맞이하리라.

꼴까타의 인상과
벵골문화

델리에서 꼴까타로 흐르는 길

꼴까타 역, 게스트하우스 주변 소묘

"오늘 드디어 작품전을 끝냈소. 내 인생과 예술의 길에 또 잊을 수 없는 역사가 되었소. 모두

가 사랑하는 나의 가족, 그리고 인도에서 만난 고마운 인연으로 사연 많은 전시가 마침내 막

을 내렸다오.

집에 가면 차근차근 알려드리리다.

힘이 조금 들지만 다시 용기를 내어 내일 꼴까타로 출발할 것이오.

당신이 믿어주는 대로 한국 화가로서의 자존을 걸고 진정 '인도의 인연'에 보답하고 싶어

다시 길을 떠나는 길이오. 연말 전에 돌아가려고 비행기 예약은 21—23일로 잡았으나 사정

을 보고 추후 소식 전하리다.

당신의 기도와 사랑이 언제나 나를 지켜줄 것이오."

—2003년 12.12

"꼴까타로 떠나는 당신이 심히 걱정이 됩니다. 더운 기후와 엄청난 인구, 빈민굴, 마실 물이 나마 제대로 있을지 염려가 되는군요.

하지만 꼴까타는 또 다른 얼굴을 가지고 있다고 합니다. 예술과 지성의 도시라고 하고 수많은 미술인들의 전시와 영화, 시인들이 활동하고 있고, 마더 테레사가 계셨던 곳이기도 하더군요.

당신이 없는 저는 조금 쓸쓸하고 외롭습니다.

항상 조심하고 또 조심해서 많은 경험으로 당신의 예술 세계가 드넓어지기를 기원합니다."

―2003. 12. 13

검은 소는 드러누워 태평하지만 번잡하기 이를 데 없는 델리 역. 꼴까타Calcatta 행 침대열차에 오른 나와 고르브 학생은 목적지까지 18시간 가까이 걸린다는 말에 벌렁 침대 위에 누웠다.

애초 전시를 끝낸 후 바로 귀국하려던 생각을 접고, 고마운 초대 제의도 뿌리친 채 꼴까타 행을 단행한 이튿날. 인도 아우들이 프린트해 준 이메일을 꺼내보며 향수를 달래고 또 딴 세상에 대한 설렘으로 흔들리며 간다. 열흘 동안 전시장 지킴이(?) 입장에서 모처럼 다시 온 인도 기행의 기회를 놓칠 새라 가장 인도다운 곳을 찾다가 꼴까타로 낙점해 떠나는 것이다.

아내는 내가 아프리카 여행 때 말라리아에 걸려 사투했던 점을 떠올리며 한마디 상의 없이 결정해 버린 점을 서운해했다. 그래서 나는 델리 역에서 공중전화로 한국말을 알아듣는 인도 학생이 있으니까 걱정 말라며 안심시켰다.

◉── 꼴까타의 까마귀 | 31×49cm

쓰레기가 철로에 널브러진 역사驛舍를 떠나 알라하바드- 바라나시- 보드가야를 경유 꼴까타까지 1,451km에 이르는 여정이다.

지평선 들녘 위로 초가와 볏가리를 세워둔 논밭, 그 터전에서 일하는 농부들은 꼭 밀레 그림에 나오는 주인공 같다. 우마차와 야자수, 백로와 염소 떼, 그리고 흰 소가 끄는 쟁기질과 양 어깨에 거대한 볏단을 매고 나르는 모습은 벵골의 자연과 삶을 투명하게 보여 준다.

보드가야를 지날 때 이곳 출신인 고르브는 고향 얘기로 반색하다가 아버지와 내가 동갑이라는 사실을 확인한 후론 괜히 어려워하는 눈치다.

12월 14일 오전 10시 30분, 마침내 출발 시간은 있어도 도착 시간은 없는 꼴까타 역에 닿았다. 매우 혼잡스럽다. 기차에서 내린 수많은 사람들과 노숙자와 노점상, 택시기사들이 뒤엉켜 이루어지는 혼란은, 상상이 결코 현실을 따라잡지 못한다는 말을 실감하게 한다. 최대한 대중교통을 이용해 보려고 버스정류장을 찾아 중심가인 쪼롱기Chowringhee 행을 찾았으나 도저히 만원버스에 짐을 실을 엄두가 나지 않는다. 할 수 없이 30분이 채 되지 않는 거리를 100루삐나 지불하고 택시를 탔다. 기사에게 게스트 하우스가 밀집된 곳에 내려달라고 했더니 인도 박물관 뒷골목에 차를 멈춘다.

타임스 게스트 하우스Times guest house. 하룻밤에 300루삐약 9,000원면 잠을 잘 수 있다는 조건에 시설 같은 건 따지지 않기로 했다. 낡은 더블 침대에 짐을 부린 후 삐걱거리는 나무계단을 내려왔다.

좁은 골목에 사람들이 모여 있어 다가가 보니 외줄을 타는 소녀가 포개진 그릇을 머리에 이고 장대로 균형을 맞추며 위태롭게 허공을 걸어간다. 아비처럼 보이는 사내는 북을 치며 흥을 돋우고 어미 같은 여인은 돈바구니를 들이댄다. 마치 한국전쟁 전후 유랑곡예단의 모습을 보는 것 같아 안쓰럽다. 설상가상 격으로 박물관 뒷벽 통행로는 천막을 치고 노숙하는 가족들이 몽땅 차지하고 있다. 감상 따위는 일단 접기로 했다.

쓰레기를 수거하는 차가 거리에 멈춰 서자 우루루 몰려든 사람들이 쓰레기 더미를 뒤진다. 악취가 진동한다. 까마귀 떼까지 몰려와 "까악" 거리니 이곳 사정을 극명하게 보여주는 풍경이다. 골목길을 배회하며 쏘다니다 저녁은 마른국수에다 계란과 야채를 버무린 '죠민'1인당 20루삐이라는 것으로 길거리에서 때웠다.

숙소에 돌아와 보니 칙칙한 냄새 빠지라고 열어놓은 창문으로 새가 들락거리고 도마뱀이 벽에 붙어 있다. 불도 들어오지 않아 전구를 갈아 달라고 관리인에게 요구를 했다. 수도를 틀어도 물이 나오지 않는다. 항의를 하자 물이 나온다. 알고 보니 물이 나오는 시간이 정해져 있었음. 빛바랜 벽면 위로 휑하니 높은 천장엔 그래도 선풍기가 돌아가고 그나마 낡은 TV도 있다. 거리의 풍경을 본 터라 이만하면 족하다는 생각이 든다.

대충 씻고서 밤거리를 나서자 또 다른 분위기가 흐르고 있다. 세계 곳곳의 젊은이들이 쏟아져 나와 이국의 풍정을 만끽하고 있는 게 아닌가. 대낮의 인상과는 달리 국제전화 서비스 룸, PC방들이 자주 눈에 띄고 노천 음식점과 관광 상품 가게 등도 활기에 차 있다. 그 위로 낮에 보았던 줄타는 소녀와 쓰레기 더미의 까마귀 떼가 겹쳐 지나간다.

인도박물관 뒷벽에서 천막을 치고 있는 노숙자들 사이를 지나다 무심코 카메라를 매만지자 갑자기 젊은 여인이 벽돌을 들고 달려든다. 겨우 자리를 피해 봉변은 면했지만 크

게 당황했다. 숙소에 와 가만히 생각해보니 이방인인 내가 그들의 자존심을 크게 건드린 것 같다. 꼴까타의 여정이 긴장되는 밤이다.

◉─── 줄타는 소녀 곡예사 │ 39×54cm

인도의 자연과 문명이 머문 자리

인도 박물관에서의 이틀

꼴까타에 온 이튿날, 날이 밝자마자 '인도 박물관'을 향한다. 어쩌면 이 길은 시간 여행 혹은 미지의 세계로 가는 문일지도 모르겠다.

마음은 급한데 오전 10시가 되어야 박물관이 문을 연다 한다. 마냥 기다리기가 지루하여 주변 상가를 둘러보자 거의 빗장이 풀리지 않았다. 한국의 새벽시장이나 분주한 아침 출근 때와는 달리 거리엔 비닐봉지만 돌아다닌다. 노숙자들은 식물처럼 아침햇살을 쪼이고 있다.

총을 맨 군인이 보초를 서고 있는 박물관 입구는 사람들이 길게 늘어 서고 10시가 훨씬 지나서야 내 차례가 되었다. 관람 요금은 자국민 20루삐, 외국인 150루삐라니 이건 지나친 차별이다. 그런데 1814년에 건립된, 인도에서 가장 오래 되었다는 높은 천장의 건물과 유물을 접하는 순간, 억울함은 사라지기 시작한다.

'인도 뮤지엄'은 한마디로 종합 박물관이다. 문화유산은 물론 지질학 자료와 동·식물의 표본, 박제 등이 함께 전시되어 있어 마치 자연사 박물관을 방불케 한다. 유리처럼 투명한 돌들이 켜켜이 쌓여 있고 세상의 빛깔을 다 모아놓은 듯한 토양과 돌石에서 원시의 바람소리를 듣는다. 특히 라자스탄에서 출토된 붉은 성의 돌Red Marl은 다양하고도 특이하다. 더 놀라운 것은 식물의 경우, 씨앗 표본과 생태를 모두 세밀화로 표현하여 전시하고 있다는 점이다. 시대를 앞서간 문화 마인드와 상상을 초월한 물량에서 일단 인도 문명의 저력을 느낀다.

먼저 눈길이 가는 곳은 인도 전역의 토착 인종과 이를 재현해 놓은 그들의 생활 전시실이다. 코코넛 열매를 이용한 다양한 용도의 생활도구들을 포함, 시대와 지역별로 나눈 의식주에 관한 입체 전시가 한참 동안 발길을 잡는다.

한편 하늘의 별만큼이나 많다는 수많은 인도의 신은 신상神像들로 확인할 수 있다. 힌두교의 영향력이 무엇보다 크다. 불교 유산인 불상으로는 날란다, 보드가야, 싸르나트, 쉬르바스띠, 마투라, 비하르, 따밀라르 지역에서 수집된 것이 많고, 붓다의 일대기를 부조로 남긴 탕가Tangai에서 제작된 불교 조각이 빼어나다.

그런데 무엇보다 놀라운 것은 1873년에 이곳으로 옮겨온 기원전 2세기에 제작했다는 거대한 스뚜빠였다. 그 스뚜빠 난간 돌에 새겨진 문양은 보빨 역 주변의 싼치 대탑과 제2, 제3 스뚜빠의 부조를 다시 보는 것만 같다. 거대한 전시실은 스뚜빠의 크기와 높이에 맞추어 건축을 했을 성싶게 천장이 높았으며 유물의 상태는 양호했다. 이천년도 훨씬 지난 저 유물이 어떻게 유지되어 왔으며 또 여기까지 옮겨올 생각을 했을까. 엄청난 무게의 돌들을 분리해 옮겨올 수 있었던 것은 아마도 영국 식민 시절 제국주의적 물리력 때문에 가능했으리라. 사실 이 스뚜빠 유물 한 가지만 가지고도 인도 뮤지엄은 빛을 발한다. 마치 파키스탄 라호르 박물관으로 '싯다르타 태자 고행상' 하나를 보기 위해 사람들이 모여들 듯이.

종합박물관의 성격은 이집트 코너 등 국제적 컬렉션에서도 찾아볼 수 있다. 회랑 형식의 복도를 따라 가면서 부지런히 보아도 이틀은 걸리고 자세히 관찰하려면 일주일은 박물관에서 살아야 할 것 같다. 즉 꼴까타에 와서 인도 뮤지엄을 지나치고 갔다면 본전은 물론 헛고생만 하고 갔다고 말하고 싶다.

이어지는 직물 공예의 정교함과 현란함은 화려한 색감과 함께 적조의 미감을 느끼게 한다. 그것은 눈으로 보는, 손길로 어루만질 수 있는 영혼의 숨결이다. 따지마할에서 얼빠지게 바라본 투각 조각의 솜씨를 이곳에서도 만난다. 마치 투명한 유리판을 보는 듯한 정

◉── 인도 박물관 소장 유물 | 스케치

교한 장인의 솜씨에 매료당한다. 사람의 힘이란 실로 무서운 것이다. 저 작품을 위해 절차
탁마切磋琢磨했을 이들은 무엇으로 보상받고 역사 속에 잠들어 있을까. 인류의 유산이란
결국 열정의 보혈로 형성된 '눈물의 진주' 라고 하면 지나친 표현일까.

이튿날도 박물관에 달려와서 유리창에 코를 박고 있는데 갑자기 난간 밖에서 고성이
오가는 소리가 들린다. 웬일인가 싶어 내다보니 패싸움이 벌어져 있다. 어느새 두 사람이
얼굴에 피를 철철 흘리며 쇠막대기를 휘두르고 사람들은 이를 말리느라 난리들이다. 벵골
말의 거친 억양의 분노가 생생하다. 관람객들 모두 난간에서 이 광란의 장면을 목격한다.

고르브는 "저런 사람들은 조심해야 합니다. 선생님, 이제 그만 숙소로 돌아가고 싶습
니다" 하며 질린 표정을 짓는다. 간신히 그를 달래 관람이 끝나는 시간까지 화첩을 펼치다
가 출구 쪽에 비치된 참고서적을 사려고 직원에게 문의했다.

어제는 사람이 없어 허탕친 관계로 몇 가지를 뒤지고 가격을 물어보는데 직원은 몹시
짜증을 낸다. 사정인즉 아까 패싸움을 말리다가 얼굴을 맞아 안경알이 깨지고 눈두덩이가
시퍼렇게 부어오른 터라 만사가 귀찮다는 투다. 그런데 가만히 보니 백인 여성에게는 그런
내색을 않으면서 나에게만 노골적으로 얼굴을 찌푸리는 게 아닌가. 같은 외국인에게도 또
차별을 하는 것 같아 여간 불쾌하지 않다. 그런데 또 퇴근시간이라고 손짓을 한다. 끝내 참
고 서적 하나 구하지 못하고 결국 박물관을 뒤로 했다.

무엇보다 내부 공사중이라 세밀화 등 회화관을 관람하지 못한 아쉬움이 컸었는데 또
등 떠밀리다시피 박물관을 나와야 했으니, 그 서운함을 달래려고 인근 가게를 뒤져 맥주를
사 가슴에 품고 숙소로 돌아왔다. 화를 다스리는 데는 단순해지는 것이 최선이다.

원시인과 인도 부족 | 스케치

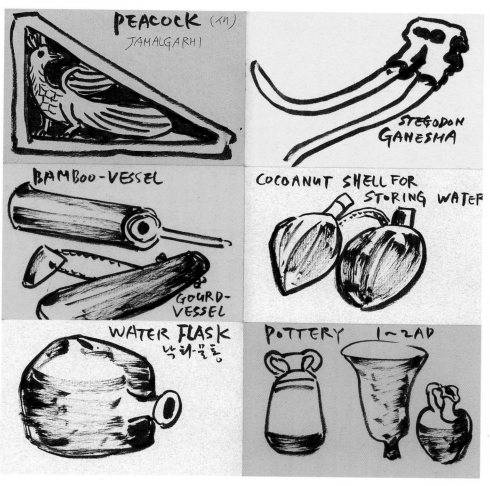

PEACOCK (새)
JAMALGARH I

STEGODON GANESHA

BAMBOO-VESSEL

GOURD-VESSEL

COCOANUT SHELL FOR STORING WATER

WATER FLASK
낙타물통

POTTERY 1~2AD

인도의 지성, 예술가의 표상

라빈드라나트 타고르 하우스에서

나는 사향노루처럼 뛰었노라

그 노루 제 사향 내음 찾아 미친 듯 헤매듯이

―타고르

꼴까타의 매력 중 타고르의 숨결을 빼놓을 수는 없다. 그는 나에게 속삭였다. "나는 아무것
도 잃지 않았으나 나는 아직도 끊임없이 그 무엇인가를 구하고 있다. 나는 아무것도 바라지
않으나 나는 계속 그 무엇인가를 그리워한다. 기대했던 것도 아닌데 왜 이렇게도 절망하는
가? 누구 하나 나에게 상처주지 않았는데 어찌하여 이토록 상처받는 것일까?"

―『찢겨진 마음』, 1897

◉── 라빈드라 바라띠 대학에 재학중인 여학생

그의 고백처럼 지금까지 무엇 하나 제대로 이루지도 구하지도 못한 채 스스로 상처받고 살아온 이방의 한 나그네가 타고르를 찾아간다. 꼴까타 중심가인 쪼롱기Chowringhee의 혼란스런 지상교통에 비해 지하철은 의외로 쾌적한 편이다. 요금이 아주 싸고기본 거리에 4루삐, 돈만 더 내면 표 한 장으로 여럿 이용할 수 있는 편리함이 좋다.

타고르 하우스Tagore House와 가까운 지하철 역Girish Park에서 내려 물어물어 찾아가는데 좁은 도로와 주택은 바라나시의 뒷골목을 연상시킨다. 길가 우물에서 목욕하고 쓰레기를 뒤지는 사람들과 마주치자니 기분이 좀 그렇다. '지성의 산실'로 가는 길치고는 마뜩치 않다. 마땅한 안내판 하나 눈에 띄지 않으니 말이다. 그러나 현재 타고르의 집은 라빈드라 바라띠 대학Ravindra Bharati University으로 이용되고 있어 교문을 들어서자 분위기는 완전히 바뀐다.

월요일이라 학생들이 북적댄다. 난간에서 손짓하고 깔깔거리며 이방인에게 무어라고 소리친다. 그런데 가이드북 대로라면 당연히 열려 있어야 할 기념관이 잠겨 있다. 이곳은 월요일이 휴관이란다. 아무리 사정을 해도 소용없어 아쉬운 나머지 돌 조각으로 된 타고르의 흉상을 그려보는데, 한 관리자가 다가오더니 화첩을 거두라고 삿대질을 해 댄다. 아니 건물 내 소장품의 사진을 찍는 것도 아니고 야외 조각을 그리는데 무슨 권리와 법으로 이러는가 싶어 순간 화가 치밀었다. 그에게 지난 '인도의 인연' 팜플릿을 들이밀며 학생들이 지켜보는 가운데 버럭 소리를 질렀다.

"아니 당신 인도인 맞아? 다른 나라 사람이 당신 나라의 위인을 존경하여 화폭에 담아 가겠다는데 왜 이러는 거야. 이것 봐, 간디 선생을 그려 델리에서 전시회까지 마쳤는데 당신이 무슨 권리로 나를 내쫓겠다는 거야!"

말귀를 알아들을 리 없지만 보란 듯이 풀밭에다 화첩을 내던지며 고함을 지르자 그는 그만 기가 꺾여 건물 속으로 사라져 버린다. '무식이 용감'이라고, 결코 물러서서는 그림을 그릴 수 없을 것 같아 소란을 피웠더니 고르브는 통역도 못하고 벌벌 떤다. 그러는 가운데 학생들은 도리어 호기심을 보이며 빨리 자기를 그려 가란다. 도저히 미워할 수 없는 인도 사람들이다.

아쉬움 속에 돌아가는 벌건 대낮의 도로변, 갑자기 차들이 모두 비껴가기에 살펴보니

타고르의 집에서 章石

젊은날의
타고르
2003. 12. 16

◉── 젊은 날의 타고르 | 24.5×33cm

개들이 쌍쌍이 궁둥이를 맞대고 사랑을 나누고 있는 게 아닌가. 사람들은 담담이 지켜보는데 고르브는 매우 쑥스러워 하며 내 옷소매를 잡아끈다.

"선생님 빨리 갑시다. 우리나라에서는 아버지와 자식은 절대로 저런 장면을 함께 보지 않습니다."

꽃 가득히 피어난 무성한 나무가 피리 소리에 몸을 떠네.

모든 두려움과 부끄러움을 버리고 오라, 사랑하는 이여 오라.

타고르 최초의 서정시16세를 음미하며 그의 사랑과 부름에 안기고자 다시 찾은 다음 날은 부슬부슬 비가 내린다. 1784년에 건립된 기념관 입구엔 실제 이 집의 주인이었던 아버지 데벤드라나트 타고르의 흉상이 놓여 있다. 그의 아들 라빈드라나트 타고르는 열넷째로 태어났다.1861년 5월 7일

실로 엄청난 대가족을 거느린 아버지는 사업경영과 추진력, 그리고 문화적인 마인드를 지닌 부호였다. 그의 영향은 자식들에게 고루 미쳤는데 모두들 학문과 철학, 그리고 예술의 끼를 간직한 인물들이었다. 그 중 막내인 라빈드라나트에겐 더욱 엄격하고 깊은 사랑을 보였는데, 단 둘만이 여행을 떠나고 히말라야에 오르는 등의 일화가 각별하다. 이 같은 가정 분위기는 시인과 학자, 음악가와 철학자, 화가와 사상가, 천재와 기인들을 불러들였고 공연과 음악이 늘 떠나지 않았다. 더욱이 당시 벵골은 르네상스를 맞이한 때여서 시, 소설, 번역서들의 출판이 활발했다. 젊은 타고르는 지적인 목마름을 흠뻑 채웠고, 또 이를 이끌어준 형들의 영향으로 그의 감수성은 끝없이 소용돌이쳐 갔다.

마음이라고 불리는 광대한 밀림이 있어

그 미로는 사면팔방으로 끝없이 뻗어 있으니

나는 여기서 갈 길을 잃었네.

그의 방랑은 영국 유학과 열병 같은 사랑과 시적 편력으로 이어졌다. 그는 예술가로서의 자신의 운명을 일찍이 예견하고 있었다.

내가 살아온 세월마다 나는 또 그렇게 죽은 것이다.
— '영원한 생명과 영원한 죽음' 중에서

그 치열한 삶의 체취가 서린 기념관에는 생전에 그가 쓰던 식기며 생활도구, 주방과 사랑방, 그리고 임종을 맞았다는 침대가 고스란히 보존돼 있다. 출판의 도용을 막기 위함인지 그 흔한 팜플릿 하나 팔지 않아 오로지 사진으로만 만족해야 하는 전시관리 형태가 뉴델리의 간디 기념관과는 영 다르다.

타고르 집안의 상세한 가계표家系表는 익히 들은 대로 명망 있는 인물로 가득하다. 큰 산을 위해 주변 산들이 지켜주고 받쳐준 가족애가 퍽이나 부럽다.

타고르의 인물사진은 모두 위엄이 서려 있다. 그리고 예지가 깃들어 있다. 이런 느낌을 가지고 그가 살았던 집을 둘러보는 감회는 특별하다. 그중 산띠니케딴에서 간디와의 마지막 만남1940년이라는 사진은 정치를 신성하게 해 보려고 노력한 성자와, 성스러운 것을 아름답게 표현하려 필생을 건 시인의 만남이 인도의 불꽃으로 타오른다. 온갖 탄압과 회유를 일삼던 영국의 총칼 앞에 스스로 감옥의 길을 선택한 간디는 자신의 뜻을 먼저 타고르에게 전했다.

"(…) 당신은 나에게 있어 진정한 친구입니다. 당신의 마음이 이 행위감옥행를 인정해 주신다면 나는 당신의 축복으로 여깁니다. 그것은 나를 끝내 지탱해 줄 것입니다."

이 간디의 편지가 발송1932년 9월 20일되기도 전에 타고르의 전보가 먼저 도착한 바 간디의 심금을 울렸다.

"인도의 비운과 국민의 단합을 위하여 귀한 생명을 희생시킬 값은 충분합니다. 우리들의 비통한 마음은 존경과 사랑으로 당신의 숭고한 고행苦行을 따릅니다."

인도의 두 거장은 식민 통치의 종국을 끝내 보지 못했고, 또 동포의 흉탄에 쓰러지는 비운을 맞아야 했다. 하지만 근·현대 인도사에 있어 그들은 진정한 인도의 정신으로 세계인의 가슴에 살아 있다.

눈길은 이제 타고르의 인생 편력이 다양하게 전개된 세계여행중국, 싱가폴, 일본, 이탈리아, 독일, 영국, 미국 등에서 만난 명사들과 개인전을 가진 파리 전람회 사진, 그가 가족에게 띄운 편지로 이끌린다.

한편 그를 통해 태어난 수많은 시집과 문학지가 전시되어 있는데『한인문학韓印文學』제2호, 1983년 한국 타고르 문학회 출간도 눈에 띄어 크게 반갑다. 한국과 타고르의 인연을 다시

라빈드라나트 타고르 | 54×71cm

기린다.

동방東方의 등불

일찍이 아시아의 황금 시기에

빛나던 등불의 하나였던 코리아,

그 등불 다시 한 번 켜지는 날에

너는 동방의 밝은 빛이 되리라.

마음에는 두려움이 없고 머리는 높이 쳐들린 곳,

지식은 자유스럽고

좁다란 담벽으로 세계가 조각조각 갈라지지 않은 곳,

진실의 깊은 속에서 말씀이 솟아나는 곳,

지성의 맑은 흐름이

굳어진 습관의 모래 벌판에 길 잃지 않은 곳,

무한히 퍼져 나가는 생각과 행동으로 우리들의 마음이 인도되는 곳,

그러한 자유의 천국으로

내 마음의 조국 코리아여 깨어나소서.

─정혜인 옮김

1929년 4월 30일자 「동아일보」에 실렸던 그의 시는, 한국의 애국 청년들이 당시 일본
에 머물고 있는 타고르에게 방문을 요청한 것에서 비롯되었다. 극도의 피로로 방문이 이루

어지지 못하자 타고르는 한국 국민들에게 격려와 희망의 메시지로 시를 보내 온 것이었다.

복도로 연결된 전시장에는 다재다능한 그의 편력을 보여주는 사진과 직접 시나리오를 쓰고 출연한 연극 장면이 보이는가 하면 그의 그림 작품도 진열돼 있다. 일단 화필을 잡으면 반드시 끝냈다는 그는 3,000매 정도의 수채화와 스케치를 남겼다 한다. 작품성을 떠나 또 다른 열정에 숙연해진다.

자화상을 비롯 주로 여인상이 걸려 있는데 제목이 '꿈속의 여인' '생각 속의 여인' 등으로 마치 모딜리아니의 화풍이 연상되는 그림들과 기하학적인 문양을 수많은 선으로 드러낸 작품들이 대부분이다. 여인상은 아마도 젊은 날 타고르가 사랑을 고백한 이성의 이미지이고, "내 그림은 선에 의한 나의 시작詩作"이라고 한 그의 발언에서 보듯 자의식을 드러낸 작품으로 이해된다.

애초 기념관에 들어올 때 누구나 신발을 벗게 하고 배낭과 카메라를 맡겨야 했으므로 나는 몰래 화첩과 색지 엽서를 가슴에 품고 침입(?)을 했다. 그리고 관람객이 없는 틈을 타 젊은 날의 타고르 사진과 그의 그림을 담아보는데 한 여자가 다가오더니 눈을 흘기며 멈추라고 다그친다. 나는 고르브의 통역을 통해 촬영이 아니고 스케치인 만큼 아무 문제가 되지 않으니 걱정 말라고 설득했다. 그런데 웬걸 잠시 후 총을 맨 군인이 달려와서는 그린 그림을 내어놓으란다. 하도 기가 막혀 이런 법이 어디 있느냐고 옥신각신 하는데 무장한 자는 나를 끌고 경찰서로 끝내 가자는 것이다. 어제는 교정 뜰에서 난리를 쳤는데 오늘은 또 이렇게 전시장에서 곤욕을 치르게 되다니, 대체 무슨 법이 가는 곳마다 다르고 관리인은 왜 하나같이 고집불통일까.

겁을 집어먹어 얼굴이 벌개진 고르브를 보고서야 애써 그린 그림엽서 두 장을 내어놓을 수밖에 없었는데 그가 알아듣든지 말든지 큰 소리로 내뱉고 말았다.

"당신이 그림을 빼앗아 가도 그림을 그린 내 속마음은 어쩌지 못할 것이요, 알겠소."

실로 착잡하고 난감하고 치욕적인 사건 앞에서 정신이 아득해졌으나 고지식한 전시장 지킴이들에게 무슨 잘못이 있을까 싶어 마음을 달래고 옆방으로 가자 온통 그림으로 채워져 있다. 그의 가족과 친지들이 남긴 그림은 뛰어난 소묘력을 보여 주기도 하고 생활 풍속과 풍경, 그리고 신비한 심상의 세계를 보여준다. 타고르의 그림이 일찍이 예술가계의 분위기 속에서 움터 왔음을 보여주는 장면이다.

그런데 저희들 입장에서는 사고를 친 내가 안심이 되지 않는지 끝내 무장 군인은 출구를 나설 때까지 나의 행동을 예의 주시하며 따라다닌다. 이를 어쩌나. 결국 그와 화해하고 싶어 통역으로 "내가 너무 타고르를 존경하는 나머지 실수를 했다"고 사과하고 악수를 건넸다. 그때서야 찡그린 얼굴을 풀고 방명록을 내어 민다. 나는 주저하지 않고서 우리말로 썼다.

"뿌리 깊은 큰 나무를 만났습니다. 그 한 그루의 나무가 무성한 숲을 이룹니다."

고르브에게도 추억과 교육을 위해 권하자 그는 영어로 쓴다.

"제가 여기 오니 타고르 선생님이 마치 제 앞에 있는 것 같습니다. 아주 좋은 느낌으로 바뀌는 이곳은 정말 보석과도 같습니다."

교정을 나서자 비는 개어 있다. 학생들은 싱그러운 교정에서 삼삼오오 짝을 지어 노래를 부르고 있다. 타고르가 심은 희망의 꽃들이 밝게 자라는 모습니다.

타고르는 생전 이곳 말고 꼴까타 하우라 역에서 3시간 정도의 거리에 있는 산띠니케딴에 비쉬바 바라띠 대학Vishva Bharaty University - 통칭 타고르 국제대을 세웠다. 이 학교는 인도와 서양의 각 전통에서 최상의 것들을 선별해 조화롭게 가르치는 것을 전통으로 삼고 있다고 한다.

1941년80세에 서거하기까지 타고르는 시집을 비롯해서 소설, 단편, 희곡, 평론, 전기, 여행기와 철학, 종교 등 수십 권의 책을 냈다. 한편 2,000곡이 넘는 작곡과 이에 버금가는 그림을 남긴 정열가였다.

그 중 『기탄잘리Gitanjali』가 런던에서 출간1912년되자 동양 최초의 노벨문학상 수상이라는 영예가 주어졌다. 당시 유럽 문예계에 타고르가 끼친 영향은 매우 컸는데 후일 노벨상을 수상한 아일랜드 작가 할도어랙스네스의 회상은 의미심장하다.

"이 먼 곳에서의 귀에 선 미묘한 소리는 바로 나의 젊은 정신의 귀의 깊은 곳에까지 닿았다. 그리하여 그때부터는 일이 있을 때마다 나의 마음 깊은 곳에 그의 존재를 느꼈다. 타고르의 신, 그것은 얼마나 부러운 존재의 신일까. 그것은 어떤 때는 위대한 친구이며, 사랑이며 또 어느 때는 연꽃이며, 강 건너 배 위에서 피리 부는 미지의 남자이기도 하다.

오늘 서양의 우리들의 신은 전 세계 주식회사의 위원이거나 아니면 아이들 같은 마음의 유치한 공상의 놀이 상대이다. 신은 위급한 때나 임종의 시기에 우리들이 소리쳐 부르는 사람이다. 이 때문에 타고르의 신과 같은 정신적 실재는 이후 언제까지나 서양인의 마음에 또 다른 하나의 동양의 경이로 살아남을 것이다."

이제 인도의 '지성과 예술의 표상' 라빈드라나트 타고르의 집을 떠나려고 하자 세상에 헌신하면서도 자신의 생을 사랑했던 그의 영혼 앞에 나는 목이 마르고 숙연해졌다.

"나는 사랑했다. 얼마나 많이 또 얼마나 깊이 사랑했는가는 스스로도 모른다. 아무튼, 이 세상을 나는 사랑했다. 넋을 잃은 눈길로 나는 이 세상을 응시해 왔다. 배고픔과 목마름 가운데서도 나는 세상의 감로甘露를 맛보았다. 세상의 티끌 속에서 나 자신의 진정한 실현의 기쁨을 보았다. 그리고 굴욕과 경멸 가운데서도 나의 자유가 있었다."
―『R. 타고르의 생애와 사상』, 크리슈나 크리팔라니 지음 · 김양식 옮김, 세창출판사

당신의 신은 당신과 함께 계십니다

마더 테레사 집에서의 합장

초저녁, 숙소에서 몸을 씻고 나와 모처럼 서울로 국제
전화를 걸었다. 아내는 독감이 걸린 데다 지아비 걱정으로 목
이 매여 말을 잇지 못한다. 잘 지내니 안심하고 몸이나 빨리 회복하라고 타이른 뒤 수화기
를 놓는데 한 동양계 여자가 눈인사를 한다. 옆에서 통화하는 걸 들어보니 비행기 티켓을
도난당해서 한국의 여행사에 전화를 걸고 있는 중이었다.

어쨌든 이국에서 만난 동포라 통화가 끝날 때까지 기다렸다가 전화요금을 내 것과 합
산해 지불했다. 그녀는 몹시 수줍어하며 고마워했다. 부산에서 온 박근혜22세, 외국어대 재학
라고 했다. 미국 유학중인 조카와 많이 닮았다. 부디 여행중 건강에 유념하라고 하며 내가
머무는 숙소를 알려주고는 헤어졌다. 그런데 그녀는 몇 시간 후 음료수를 사들고 내 방을
찾아왔다. 나는 델리에서 '한 · 인 수교 30주년 기념전'을 끝내고 꼴까타 여행중임을 밝혔

157

● ── 마더 테레사의 기도 | 96×58cm

다. 학생은 이곳 '마더 테레사 하우스'에서 한 달간 봉사활동을 할 계획으로 왔다고 한다. 가만히 이야기를 나누는데 매우 당차다. 한국과 인도의 외교 개선 문제를 털어놓으며 쓴 소리를 한다.

"선생님, 문화 외교는 어떤지 모르지만 여권 비자 기간은 다른 나라에 비해 한국이 짧습니다. 무슨 일을 해 보려고 해도 걸림이 많아 사업하시는 분들도 아마 애로가 많을 거예요. 선생님이 대사님께 꼭 좀 건의해 주실 수는 없나요."

단기간 여행자인 나는 그녀의 말을 통해 국제간의 문제를 새롭게 인식하게 되었다. 그녀는 벌써 몇 달째 인도여행중인데 마더 하우스의 봉사활동을 끝 스케줄에 넣어 이곳에 왔다 한다. 나는 그녀의 제안과 용기 있는 행동에 대해 칭찬을 아끼지 않았다. 그리고 젊은이로서 지금껏 여행하며 느낀 인도를 한 마디로 정리하면 무엇이냐고 물었다. "인공위성과 미사일을 만들어 달구지에 싣고 옮기는 나라라는 느낌입니다." 그녀는 또 한번 나를 놀라게 한다.

이튿날 아침, 우리 일정도 마더 하우스로 갈 참이었기에 서둘렀다. 거리엔 전차와 버스, 택시와 릭샤가 분주하다. 델리에서 수없이 보았던 오토 릭샤는 눈에 띄질 않는다. 벌거벗은 인력꾼이 그나마 살기 위한 방편으로 오토 릭샤가 발붙이지 못하게 하는 것일까. 궁금하지만 이유를 알 길이 없다.

거리의 풍광을 만끽하며 한 시간여 골목을 돌다 도착한 '사랑의 선교회—마더하우스'는 첫 인상부터 매우 검박했다.

침묵의 열매는
기도이오
기도의 열매는
신앙입니다
신앙의 열매는
사랑이오
사랑의 열매는
봉사이며
봉사의 열매는
평화입니다

마더 데레사 수녀님 말씀

◉── 마더 테레사 수녀─봉사의 열매 │ 49×65cm

먼 곳에서 하나님을 찾지 마십시오.

그 분은 먼 곳에 계시지 않습니다.

그 분은 바로 당신 가까이 계십니다.

당신과 더불어 계십니다.

항상 그 분을 뵈올 수 있도록

등불이 꺼지지 않고 타오르게 하십시오.

깨어서 기도하십시오.

―마더 테레사

여러 나라 언어와 함께 당당히 한글 패널로 부착되어 있는 테레사 수녀의 기도가 반갑기 그지없다. 실제 한국을 방문1981년하기도 했던 테레사 수녀의 영혼은 이제 인류의 빛이 되었다. 그 거룩했던 육신의 묘는 살아 있는 자의 헌화를 받고 있다.

세계 도처에서 순례자들이 몰려와 싸늘한 돌무덤을 향해 고개 숙이고 있다. 두 손 모으고 눈물을 흘리는 모습도 보인다. 저 간절한 기도와 눈물의 의미는 무엇일까. 따질 겨를 없이 나 또한 무릎 꿇고 합장하게 하는 이 뜨거운 감정은 도대체 어디서 오는 걸까. 사람들의 표정은 하나같이 소망의 기도를 넘어 참회의 침묵 속에 싸여 있다.

침묵의 열매는 기도이고

기도의 열매는 신앙입니다.

신앙의 열매는 사랑이고

사랑의 열매는 봉사이며

봉사의 열매는 평화입니다.

청빈淸貧, 정결貞潔, 순명順命을 서약1931년 3월 24일하고 테레사란 이름으로 다시 태어난 수녀는 조국알바니아를 떠나 인도 꼴까타에 와서 남은 생애를 모두 가난한 이와 병든 이에게 헌신하다 이곳에 묻혔다1997년 87세로 선종. 애초 수도원의 계율을 깨고 거리로 나와 가장 비참한 이들을 거두어 가족처럼 평생 돌보며 참된 종교인의 행동이 무엇이어야 하는지를 전 인류에게 깨우쳐 준 것이다.

"빈민가에 있는 자매들 안에서 그리고 그들을 통하여 하느님이 빛을 발하고 삶을 영위하시길 바랍니다. 아픈 사람들과 고통받는 사람들이 자매들을 통해 편안케 하고 위로해 주는 천사를 발견하길 바랍니다.

거리의 어린아이들에게는 친구가 되어주길 바랍니다."

테레사 수녀의 실천은 아동복지와 교육에 관한 계획, 급식 프로그램, 주간 탁아소, 자연적인 가족계획 센터, 진료소, 나병치료소, 재활센터, 버려진 아이들과 장애가 있는 아이들, 그리고 정신지체아이들을 위한 집, 미혼모를 위한 집, 아프고 죽어가는 사람들을 위한 집 등이 그의 봉사활동 무대였다.

이중에서도 특별히 마지막의 '죽어 가는 사람들을 위한 집니르말 흐리다이'을 마련한 그녀의 용기와 사랑은 특정 종교를 떠나 인간을 위한 최선의 순애보로 심금을 울린다.

꼴까타에서도 가장 유명한 이슬람교의 여신 깔리를 모신 사원 '깔리가뜨' 앞에 '니르말 흐리다이' 안내판을 걸게 된 건 오로지 무료 공간을 제공받기 위한 것이었다. 그러나 테레사 수녀는 봉사를 빌미로 이슬람교가 가톨릭으로 개종시키려는 음모라는 모함을 받게 되었다. 하지만 진실은 밝혀졌다. 깔리 사원의 젊은 승려가 결핵 말기로 피를 토하고 쓰러졌을 때, 모든 병원에서 거부했지만 테레사 수녀는 승려를 동료처럼 헌신적으로 보살펴 평온을 찾게 했다. 죽음에 이르러서는 그들의 종교의식대로 장례를 치르게 해 주었다. 이뿐 아니라 이곳에서 사망한 자의 모든 장례 절차는 원하는 종교에 따라 치르게 했다. 마침내 오해는 사라지고 그녀는 모두의 마더가 되었다.

"어느 날 시궁창에 쓰러져 있는 남자를 데려왔어요. 그의 몸은 상처 투성이었고 그 상처에서는 구더기가 기어나오고 있었어요. 나는 그 구더기를 하나씩 집어냈어요. 그리고 그의 몸을 깨끗이 씻은 다음 상처를 치료해 주었습니다.

(…) 내가 안아주자 그는 미소지으며 내게 말했습니다. '저는 평생을 거리에서 짐승처럼 살았습니다. 하지만 이제 사랑받고 보호받으면서 천사처럼 죽어갈 수 있어요.' 나는 그가 주님의 얼굴을 영원히 볼 수 있도록 그에게 특별한 축복을 주었습니다."

테레사 수녀의 삶을 지켜보며 그녀의 동반자로 일했던 나빈 차울라Navin Chawla, 인도 공무원가 그녀에게 물었다.

"어떻게 죽음이 아름다울 수 있나요?"

"우리 곁에서 죽는 사람들은 평화롭게 죽음을 맞아요. 나는 인간으로서의 존엄성을 잃지 않고 평화롭게 죽는 것이 삶의 가장 큰 진보라고 생각합니다. 그것은 영원으로 가는 길이니까요."

한편 다른 종교를 가진 사람들을 개종시키려 든다는 오해와 비난에 대해 테레사는 당당하게 말했다.

"나는 개종시키려 합니다. 나는 사람들을 보다 훌륭한 힌두교도, 가톨릭교도, 이슬람교도, 자이나교도, 불교도로 개종시키려 합니다. 나는 당신이 신을 찾도록 돕고 싶습니다. 신을 발견한 다음 그 신이 당신에게 바라는 것은 바로 당신의 몫입니다."

또한 그녀가 유독 전쟁에 대해 무관심하며 표현을 자제하고 있는 것에 대해 물었을 때는 이렇게 말했다.

"당신이 평화를 위해 일한다면 그 때문에 전쟁은 줄어들 겁니다. 하지만 나는 정치에 관여하고 싶지 않습니다. 전쟁은 정치의 산물이니까요. 그게 전부입니다. 정치에 관여한다면 나는 더 이상 사랑할 수 없을 거예요. 왜냐하면 내가 모든 사람이 아닌 한 사람에게 의지해야 하기 때문입니다. 이것이 이유입니다."

그녀는 자신의 본분에 치열했다.

"어떤 일을 많이 하는 것보다, 얼마나 많은 사랑을 실천하는가 하는 것이 더 중요하다"고 늘 말해 온 그녀의 소신은 마침내 전 세계에 전파되었다. 그녀는 평화의 상징이자 인류의 어머니가 되었다. '노벨평화상' 은 오직 가난한 자를 대신하여 받겠다고 하였으며, 이후 수많은 포상금 또한 가난한 이웃을 위해 쓰였다.

테레사 수녀의 뜻을 고스란히 이어가는 수녀들로부터 마리아상이 새겨진 은빛 목걸이를 선물 받고 이층 난간으로 오르자 두 손 모은 테레사 수녀의 큰 사진이 한눈에 띄었다. 화첩을 펼쳤다. 그녀의 기도는 계속되고 있었다.

뭉클한 감동을 안고 계단을 내려오자 뜻밖에도 한국에서 온 전형석29세, 가톨릭 대학생 군과 정재원29세, 특수학교 교사 양이 활짝 웃으며 나를 반긴다. 그들은 이곳에서 4개월간 봉사활동중이었다. 한국의 이 아름다운 젊은이들이 있는 한 우리의 조국도 희망이 있지 않을까. 기념으로 테레사 수녀상 앞에서 사진을 찍고 돌아서는데, 마치 악어가죽 같은 피부에 온통 혹으로 덮인 얼굴을 한 여인이 사리를 입고서 나를 물끄러미 쳐다보는 게 아닌가. 순간 나는 크게 당황했는데 여인은 평온한 눈길이다. 그 눈길을 보며 아직 나는 이곳에 머물 자격이 없음을 깨달았다. 그리고 다만 부끄러운 마음으로 테레사 수녀상 앞에 두 손을 모아야만 했다.

그런데 귀국하여 붓을 든 오늘, 우연히도 부처님 오신 날을 맞이하여 바깥은 연등행렬이 한창인 시간이다.

인류의 어머니 마더 테레사 수녀님!
인류의 자비인 나무관세음 보살님!
오늘도 저희와 함께 하소서.

삶, 그것은 죽음의 여정
따뿌슐란 모스끄와 깔리가뜨 탐방

아침부터 종일 쏘다닌 탓에 저녁을 먹고 씻은 다음에도 피로가 풀리지 않는다. 침대에 누워 TV를 켜도 알아들을 수 없는 인도 가요와 춤만이 흘러나온다. 하여 책방을 들러보려고 삐걱거리는 나무계단을 내려왔다.

몇 곳을 뒤져 화보집을 펼쳐보니 수많은 무슬림들이 거리를 꽉 메운 채 경배하는 모습이 너무도 인상적이다.

"주인장, 이 주변에서 이런 예배 광경을 볼 수는 없을까요? 저는 한국에서 온 화가인데 특별한 인상을 담아가고 싶어서요."

"아 그래요, 오늘 밤에도 볼 수 있습니다. 제 점원인 저 청년을 따라가면 도움이 될 것입니다. 저 사람은 철저한 무슬림이거든요."

인도에 와서 눈치만 발달한 나는 화보집 몇 권을 사고 청년을 앞세웠다. 그는 의외로

◉ —— 띠뿌술탄 모스끄 | 14.5×23cm

흥이 나서 복잡한 골목을 잘도 비집고 나를 이끈다.

인도 인구의 10%에 가까운 1억의 신도, 이슬람교는 무하마드570—632에 의해 창시된, 알라라는 유일신에 대한 '복종을 통한 평화'를 추구하는 종교다. 그리고 그 교도를 무슬림Muslim이라 부른다.

이슬람은 최초의 인간인 아담에게 신이 첫 번째 계시가 내리면서 시작되었다고 주장한다. 그 후 모세, 예수, 기타 예언자들을 통해 신의 메시지가 인간에 전달되었고 그 과정에서 유대교, 기독교가 기원되었다고 한다.

무슬림들은 『꼬란』을 완벽한 경전으로 받아들인다. 그리고 무하마드야말로 신의 계시를 완벽히 받고 지킨 자로 존중한다. 이들은 하루 다섯 차례 메카의 성전을 향해 기도한다. '라마단'이라고 부르는 기간에는 한 달 동안 새벽부터 해가 질 때까지 일체의 음식을 먹지 않고, 최소한 일생에 한 번은 성지 메카를 순례한다.

청년은 번화가인 뉴 마켓 거리에서 갑자기 나를 돌아보더니 반바지는 사원 출입이 안 되니 긴 바지를 구해 입어야 한다고 한다. 할 수 없이 거리에서 제일 싼 25루삐짜리 바지를 사 입고 그의 뒤를 따라가자 띠뿌술탄 모스끄Tipu sultan's Mosque 정문 앞에 이른다. 밤하늘을 찌르는 성전의 건축 양식은 주변을 압도하는 분위기다.

청년의 소개로 안내를 받아 경내로 들어가 넓고도 긴 바닥과 높은 천장을 이어주는 기둥 사이에 화첩을 끼고 앉았다. 잠시 후 발자국 소리와 함께 둥근 캡을 쓴 신도들이 속속 들어차며 일사분란하게 자리를 잡고 도열한다. 그 다음 제왕과도 같은 옷차림의 사내가 들어와 제단에 오르자 일제히 그의 주문에 맞춰 절을 하고 일어선다. 마치 군사들의 열병과도 같다. 맨바닥에 절을 하는 그들의 발바닥이 유난히 눈길을 사로잡는다.

◉ ── 무슬림 사원에서 절하는 뒷모습

그런데 또 이게 웬일인가. 막 붓을 들려는데 한 건장한 사내가 다가오더니 눈을 부라리며 당장 꺼지라고 삿대질이다. 내가 무슬림 청년에게 허락을 받았노라고 손짓을 해도 아무 소용이 없다. 더 버티다간 봉변을 피할 길 없을 것 같아 그만 고집을 접기로 했다.

짧은 순간이었지만 종교적 집단행동은 광기를 내장하고 있다는 느낌이 들었다. 영국으로부터의 독립1949년과 함께 인도 대륙은 무슬림이 통치하는 파키스탄과 힌두교도가 대다수를 차지하는 오늘의 인도로 양분되었고 그 과정에서 세계사에서 보기 드문 대량학살이 자행되었다. 지금까지 그 불씨는 여전히 남아 있다. 도대체 종교란 무엇인가. 신의 뜻은 진정 어디에 있는가.

　　추적추적 비가 내리는 이튿날 아침, 오늘은 깔리 여신을 모신 힌두교의 '깔리가뜨 사원'을 찾아간다. 인도인의 80% 이상이 힌두교인인데 그들은 세상에서 가장 많은 신을 섬기고 있다. 그 중 이곳의 여신 깔리Kali는 꼴까타의 수호신이기도 하다.

　　깔리가뜨 전철역에 내리자 벽면은 다채로운 모자이크로 채워져 있다. 밖을 나서보니 역 주변이 온통 타일 가게다. 깔리 사원으로 가는 길목에서 테레사 수녀가 설립한 '죽어가는 사람들의 집니르말 흐리다이'을 방문하고 싶은 뜻이 없지 않았으나 차마 구경꾼이 될까 싶어 마음을 접었다. 그리고 사원에는 화장실이 없다는 말에 먼저 공중 변소부터 찾았다.

　　지린내가 하늘을 찌르는 화장실은 두 줄로 나뉘어져 있는데 소변을 보는 곳은 노상이나 다름없고, 문짝이 제대로 닫히지도 않는 변소엔 휴지는 물론 물통도 없다. 볼 일이 있는 사람만 밖에 나가 수도꼭지의 물을 깡통에 받아와서 맨손으로 뒤를 처리하고 황급히 떠나야 하는 고약한 경험이라니.

　　비가 내리는 깔리 사원 입구는 질퍽거리는 흙탕물과 수많은 인파로 대혼잡을 이루고 있다. 신발을 벗어들고 한 가게로 들어섰다. 누구나 사원을 순례하기 위해서는 의무적으로 맨발에다 깔리신에게 바칠 예물을 준비해야 한다.

　　이 신전은 죽음의 여신 깔리를 모신 곳으로 여신 깔리의 오른쪽 발가락이 하늘에서 떨어졌고 바로 그 지점에 신전이 세워졌다는 전설이 전해온다. 이 여신의 이름을 따서 '깔리가뜨'라 불렀고 '꼴까타'의 지명도 이곳에서 유래했다고 한다.

◉── 깔리신 | 18×24.5cm

　수많은 순례자들은 질병의 완쾌를 위해 또는 성인식, 결혼, 작명 그리고 주변 강가 강에서 화장을 위한 의식을 치르기 위해 이곳을 찾는다. 여기에 탁발 수도사들, 구걸하는 거지들, 장사꾼들이 몰려 혼잡한 활기를 띠고 있다.

　마침내 핏빛같이 붉은 꽃과 코코넛, 설탕, 붉은 팔찌 등을 바구니에 담고서 가게에서 가이드로 소개한 밥바 베너지31세를 따라 신전에 들어섰다. 기도하는 방은 깔리신을 향해 열광적으로 예물을 바치는 이들로 가득하다. 낯선 수도자는 종을 치고 주문을 따라 하라더니 이내 금전을 요구한다. 당황스럽다. 얼이 빠질 정도다. 사원 주변은 온갖 신들의 형상과 그곳에 바친 갖가지 꽃들로 싸여 있다. 시바신에게 경배하자 어느 여신도가 '띠까'라는 붉은 점을 내 이마에 찍어준다.

힌두의 신들 중에서 비쉬누와 시바가 주신主神으로 모셔지고 그 밖의 신들은 그의 아내나 자식, 또는 화신化身으로 자리매김된다. 석가모니는 이곳에서 비쉬누의 아홉 번째 화신으로 불린다.

깔리 사원의 시바는 검은 얼굴에 붉은 세 개의 눈을 하고 삼지창을 손에 들고 있다. 시바신의 아내 우마Uma는 피를 좋아하는 여신으로 깔리는 이 우마의 화신으로 숭배되고 있다. 이 피를 좋아하는 신을 위한 인간의 행위는 검은 양을 제물로 바치는 것이다. 때마침 그 장면을 목격한다. 참으로 섬뜩하고 무섭다. 피를 철철 흘리며 모가지가 잘린 채 버둥거리는 양의 사지는 영원히 잊을 수 없을 것 같다. 이렇듯 신을 위한 제물이라는 이름으로 자행되는 잔혹 행위가 이곳에서는 성스런 의식이다. 한편 희생 양은 오직 수컷이어야 하는데 깔리는 여성이자 생산의 상징이기 때문이라고 한다. 사원을 빠져 나오자 빗속에서도 순례객은 끊임없이 몰려들고 있다.

하늘의 별만큼이나 많은 신들을 가진 힌두의 신들. 기념품 가게에서 그 신들의 그림엽서를 사 모아 보니 천상만태의 모습에다 이름조차 열거하기 숨가쁘다.

힘을 자랑하는 신 하누만, 세상을 베푸는 신 비쉬누, 금요일의 신 선또시마, 토요일의 신 셔니, 일하는 신 위시가르마, 아기를 위한 신 제느마스트미, 재물돈의 신 락쉬미, 싸우는 신 버그랄데미비, 뱀 신 먼사, 세상을 만든 신 브라마, 목을 자르는 단두 신 진누어부스타 등 끝도 없는 신의 이야기를 들으며 상가를 빠져 나와 강가 강을 향한다.

캘커타 갠지스강
2003. 12. 17 호정

◉── 꼴까타 갠지스 강 | 33×24.5cm

가이드 밥바 베너지를 따라 간 강가 강의 지류에는 몇 개의 폐선을 이은 다리가 놓아져 있다. 온갖 쓰레기로 뒤덮인 흙탕물에서 몸을 씻는 이들을 바라보는 순간 바라나시의 추억이 스쳐간다.

베너지 청년은 바구니에 담아온 제물 중 코코넛을 깨더니 속에 든 물을 마시라고 하며 제물 또한 신이 준 선물이니 잘 간직하라고 이른다. 혹시 이곳 강가 주변에서는 장례를 치르지는 않느냐고 하자 바로 노천 화장터를 안내하겠다고 앞장선다. 곧 도착한 곳은 해골을 그려 모신 신神 앞에 여러 구덩이가 파진 화장터였는데 그 언덕 아래로 강이 흐르고 있었다. 그런데 오늘 화장은 비가 와서 다음날로 미루었다고 한다. 조금 아쉬워서 다른 장례 풍습을 볼 수는 없겠느냐고 묻자 그는 이제 실내 화장터로 가잔다. 그의 친절한 안내로 따라간 화장터는 콘크리트 건축물에 서양인 흉상이 세워진 곳으로 넓은 정원을 끼고 있었다.

화장터엔 대나무로 엮은 들것에 꽃으로 장식한 여러 구의 시신들이 놓여 있다. 얼굴만 내 놓은 모습들이다. 그런데 이승을 떠난 자들을 보내는 산 자들의 표정은 침묵 속에 굳어 있다. 보내는 자의 곡소리로 애통해 하는 한국과는 매우 다른 풍습이다. 힌두교는 화장을 원칙으로 하지만 이슬람교는 무덤을 쓴다고 한다. 그런데 화장터에서 자란 탓인지 아이 하나가 시신 주변을 뛰어다니며 이것저것 참견한다. 저 아이에겐 죽음이 일상으로 여겨지나 보다.

화장 절차는 먼저 시신에 성수를 뿌리고 머리맡에 향을 피우는 것으로 시작된다. 메케한 향이 진동하자 장례사는 주문을 외기 시작한다. 그리고 죽은 자의 아들이 마지막으로 망자에게 음식을 떠먹이고 긴 막대기에 불을 붙여 세 번 시신을 돌고 난 다음 성수로 불을 끄자 마침내 시신은 철문을 향한다. 저승 문이 "철커덩" 열리자 붉은 불빛 속의 레일이 캄

◉── 적멸의 불꽃 | 18×24.5cm

캄하게 빛나고 또 "덜커덩" 철문이 잠긴다. 나도 모르게 가슴이 "철커덩" 내려앉고 식은땀에 오한이 일어난다. 메케한 향내 속엔 주검의 빛과 그림자가 맴돌아 어찔어찔한데 고르브는 아예 문밖으로 나가고 없다. 그런데 이상하게도 나는 화염 속으로 한 인간이 사라지는 장면에 눈을 뗄 수가 없다. 무릇 모든 인생은 저렇게 잿불처럼 사그라지는 것임을, 본디 공수래 공수거空手來 空手去, 제행무상諸行無常임을 절감한다.

이제 저 마지막 흔적인 뼛가루마저 강가 강에 뿌려지고 나면 정녕 그대 영혼들은 바람이 되리라. 훨훨 피안의 세계로 날아오르리라. 숱한 생生의 기원도 신神에 대한 경배도 죽음으로 가는 여정일 뿐, 한 줄기 바람인 것을….

벵골문화의 어제와 오늘

빅토리아 기념관, 라빈드라 사단 극장, 꼴까타 대학

허름한 가게에 들러 짜이를 한 잔 시켜 마시는데 갑자기 앞에 앉아 있던 소녀가 나에게 물세례를 퍼붓는다. 깜짝 놀라 이게 무슨 짓이냐고 반문하자 소녀는 그냥 빙그레 웃을 뿐이다. 알고 보니 그 물은 강가 강의 성스러운 물로 손님에게 행운을 가져다주는 인사 행위인데 그것도 기습적으로 뿌려야 한다나.

옷이 젖은 채로 지하철을 타고 내린 곳은 라빈드라 사단 역Rabindra Sadan Station. 소위 벵골문화의 역사와 전통, 그리고 오늘의 예술 행위가 매우 활발한 곳이다. 지하철 벽면은 온갖 회화작품으로 도배하다시피 했는데 타고르의 초상과 그의 자필이 발길을 멈추게 한다. "내 생활 속에서 춤과 음악은 매우 중요합니다"라는 뜻의 글귀다. 이곳에서 타고르의 위상이 어떠한지를 감지하게 한다.

캘컬러
라빈드라사닫먹
아르센텨
호石

◉── 꼴까타 라빈드라 사단 역 아트센터 | 66×24.5cm

●── 빅토리아 여왕상 | 24.5×33cm

　　역을 나와 교차로를 지나고 길을 건너자 교회인 세인트폴 사원이 우뚝 솟아 있다. 그
공원 속의 빅토리아 기념관Victoria Memorial을 찾아갔다. 기념관의 대리석 정문 위에는 말
탄 기사 동상이 우뚝하니 영국 식민시대의 느낌이 물씬하다. 하얀 대리석으로 돔을 이룬
건축물의 인상은 어쩐지 한국에서 얼마 전 철거된 총독부 건물중앙청처럼 느껴진다.

　　건축물은 1905년 당시 인도 황제를 겸하던 빅토리아 여왕1837년—1901년을 기념하기
위해 세운 것으로 1921년에 완공되었다. 따지마할을 본뜬 순 대리석 건축물로 현대 미술
품과 벵골 통치시대 유물로 채워져 있다.

1층 전시 공간은 영국의 동인도 거점1690년을 중심으로 전개된 벵골의 역사와 삶을 보여주는 수채화가 매우 정교하다. 이처럼 남의 영토를 점령한 자들은 역사의 기록마저 자신의 것으로 삼는 모양이다.

젊은 귀족을 위해 물건을 바치고 건물 뒤에서 우는 인도 하인의 모습, 영국인 가족을 위해 아이들을 앞세우고 연주하는 벵골인들의 모습이 서글프다. 그 옛날 영국 황제의 꼴까타 입성을 위해 마련한 코끼리를 장식한 화려한 축제와 장엄한 행렬, 이로 인해 울분을 토했을 인도인들의 삶이 촘촘히 새겨져 있다. 유화로 된 당시 귀족들의 초상은 너무나 화려하고 거대하다. 한편 영국군이 아프카니스탄 침공에서 전사한 유공자를 기려 조각해 놓은 방에서는 정복과 희생이 낳은, 빛과 그림자의 역사를 되짚어 보게도 한다.

중앙 홀에는 대리석으로 빛나는 빅토리아 여왕상이 우뚝하여 화첩을 펴자 사람들이 그새 몰려든다. 그런데 이를 본 관리인이 다가온다. 아뿔싸, 또 쫓겨나거나 화첩을 뺏기는가 싶어 아연 긴장되었다. 그런데 그는 뜻밖에도 관람객에게 지장을 주지 않게 구석의 돌 의자에서 그림을 그리라 한다.

이층으로 연결된 전시장은 인도의 유명인 초상으로 가득하다. 간디와 네루, 그리고 타고르의 모습들이 보였다. 그 중 타고르의 모습을 화첩에 담는데 구경꾼이 또 몰리자 관리인은 나를 위해 접근을 통제하며 붓을 놓을 때까지 초병을 자처한다. 고마운 한편 어이가 없다. 이것이 꼴까타의 법인가. 어디서는 그림을 뺏고 어느 곳은 보호해 주고.

아침부터 한나절을 빅토리아 기념관에서 보내며 떠올리는 벵골의 역사는 그 옛날 무굴 제국 시대의 영화면, 비단, 쪽 등의 특산물 보유국 이후 지배 세력에 의한 저항과 수용, 그리고 개혁과 문화 부흥을 위한 노력으로 점철된 세월이었다. 즉 영국인과 손을 잡은 지주 출신의 엘리트 관료가 출현했는가 하면 이에 맞서 독립운동을 주도한 인물로 비하리보스, 찬드라보스 등이 등장했다.

한편 1947년 인도, 파키스탄 종교분쟁으로 동서 벵골이 분할되고 방글라데시 독립전쟁1971년에 의한 난민이 대거 꼴까타로 유입되었다. 이로써 신도시의 기능은 마비되고 노숙자가 들끓는 빈민사회로 추락하기에 이른 것이다.

그러나 전통문화의 생명력은 끈질겼던 것 같다. 아니 그 이상이었다. 벵골의 문학과 예술은 서양으로 소개되었고 고전의 번역과 같은 왕성한 출판 활동이 전개되었다. 시인 타고르와 시타르 연주자 라비상까, 그리고 영화감독인 시따지뜨레이 등 세계적인 예술가가 모두 이곳 꼴까타에서 배출되었다.

점심을 길거리에서 때우고 오후엔 창작의 열기가 식지 않고 있다는 인근의 '라빈드라 사단 극장Rabindra Sadan Theatre을 찾아갔다. 망고와 야자수들이 즐비한 극장 광장엔 거대한 타고르상이 세워져 있다. 뒷짐을 지고 내려보는 모습이 이곳 예술인의 사표이자 우상으로 보인다.

본관은 현대 건축물이다. 색채 도형으로 장식된 벽화며 넓은 계단, 곳곳의 가로등과 벤치가 특별한 분위기를 자아낸다. 청춘 남녀들이 팔짱을 끼고 걷기도 하고, 돌아앉은 벤치에서 어깨동무를 한 커플들이 속속 눈에 띈다. 가히 젊음의 광장이요, 개성과 멋이 살아 숨쉬는 낭만의 쉼터다.

담을 끼고 이웃한 미술 아카데미Academy of Fine Art에서는 그동안 이곳에서 공연했던 포스터전이 열리고 있다. 야외 전시장의 울타리와 액자들을 모두 야자수 껍질로 이어 만든 것이 자연스러우면서도 창의적이다.

　종합예술 건물인 라빈드라 사단 극장에서는 늘 드라마, 음악, 무용제가 열린다고 한다. 그곳과 연결된 가간드라 아트 갤러리Gaganendra Art Gallery에서 마침 전시회가 열리고 있었다. 벵골인 인드라츠 번도빠타이Indranath Bandyopadhyay, 61세 작가의 4번째 개인전이다. 벵골의 풍속과 현실을 풍자한 채색화로 선이 굵고 이미지가 명료하다. 짜이 한 잔을 권하는 작가와 인사를 나누고 서로의 팜플렛을 교환한다. 국경을 초월한 뜻 깊은 인연이다.

　예술 센터에 온 김에 벵골 영화를 한 편 보려고 난단Nan Dan 극장을 찾았다. 사리 패션을 방불케 하는 옷차림과 말쑥한 젊은이들이 줄지어 입장을 기다리고 있다. 고르브는 벵골어는 힌두어와 아주 달라 알아듣지 못한다고 망설였지만 내가 그냥 보자고 고집을 부려 표를 산 제목은 영역하여 〈다시 숲에서Again in forest〉이다.

　벵골인의 가족애와 휴머니티를 다룬 이야기로 부유층 가족과 친지가 승용차로 함께 여행을 떠나던 중 현실의 괴리를 느낀 딸이 가출하면서 벌어지는 이야기였다. 딸은 인류의 전쟁, 기아와 빈민에 대한 연민으로 풍요한 가정, 행복에 젖은 현실을 떠나 원주민을 찾아가고, 그 가족은 실종된 딸을 찾아 고뇌하는 중 진정한 가족 사랑이 무엇인지를 깨닫게 된다. 그리고 끝내는 딸을 찾아내 가족 품으로 돌아오게 한다.

　나는 이 한 편의 영화를 통해 벵골의 자연 환경과 생활, 그리고 그들의 속살을 엿본 듯 행운을 얻었으니 오늘 아침 강가 강의 물을 뿌려준 소녀에게 고마워해야 할까보다.

　이튿날 아침, 늘 일상처럼 인근 식당에서 토스트와 짜이로 아침을 해결하고 지하철을 이용 센트럴 역Sentral station에 내렸다. 꼴까타 대학으로 가는 길이다.

2003. 12. 18 아수또시박물관 흥재

켈커타대학
아수또시박물관 흥재

● ── 꼴까타 대학 아수또시 박물관 소장 유물들─스케치

흥재

인도人道에는 수염을 깎아주는 면도사, 간이 노점에서 끼니를 때우는 사람들로 북적인다. 차도에는 낡은 전철, 택시, 버스가 굉음을 일으키며 분주히 오간다.

꼴까타 대학은 이곳에서 유명한 서점 거리 칼리지 스트리트 주변에 위치했는데 이른 시간이라 책방은 아직 문을 열지 않고 있다. 대학 건물과 캠퍼스는 기대보다 규모가 작은 편이다.

교내의 '아쑈또시 박물관'도 오전 10시나 되어야 문을 연다 하므로 박물관 앞에서 쪼그리고 앉아 등교하는 대학생들을 바라본다. 현대식으로 변형된 사리를 걸친 대학생들의 밝은 표정, 머리를 길게 땋아 출렁거리며 지나가는 인도의 동량棟梁을 바라보는 순간, 나도 모르게 그만 카메라 셔터에 손이 갔다. 그렇게 몇 커트를 누르는데 한 여선생이 소리치며 달려와 당장 카메라 필름을 내어놓으라고 쏘아보며 손을 내민다. 하도 어이가 없어 학생을 찍은 것이 아니라 학교 건물을 찍었다며 완강히 부인하며 맞서 고함을 지르자 주변 학생들이 우르르 몰려온다.

어제와는 또 달리 아침부터 이 무슨 낭패란 말인가. 또 시비가 붙었으니 고르브는 아마도 나를 싸움꾼으로 기억할 것 같다. 그런데 문제는 나를 변호해야 할 고르브가 얼굴이 벌개져서 떨고 있어 내 의사를 전달할 길이 없다.

겨우 사과하는 선에서 물러나 박물관에 들어서자 외부인에 대한 경계가 새삼스레 실감난다. 카메라는 물론 배낭째 맡기고 홀몸으로 전시장을 돌아보라고 한다. 자료 구입을 요청하자 간단한 리플릿과 사진엽서 몇 종뿐 전시품에 대한 자료는 더 없다고 딱 자른다. 그래도 한국에서 온 화가임을 밝히고 전시품을 몇 개만 스케치 할 수 없느냐고 묻자 이 또한 완강히 거부한다. 실로 기분이 언짢다. 도리 없이 또 메모장 사이에 포스터카드그림엽서

용를 끼워 침투(?)하는 수밖에. 이런 나의 수작을 본 고르브는 영 마뜩치 않은지 멀찌감치 떨어져서 빙빙 돌고 있다.

그러나 역사의 숨결이 묻어나는 각양 각색의 전시품을 보는 순간 이곳에 오기를 참 잘했다는 생각이 들었다. 2층에 전시된 민예품과 회화는 매우 토속적인 전통을 지녔는데 실용과 상징, 그리고 종교적 의미가 두루 담겨 있다. 채색 목각의 나무인형, 채색 토우, 인물과 각종 신神, 동물 모형의 토기는 뱅골문화의 특징을 함축하고 있는 듯하다. 다채로운 무늬를 수놓은 거대한 카페트는 구성과 정교함이 뛰어나다. 변화와 통일을 보여주는 디자인 감각도 훌륭하다.

한편 회화로는 걸개 형식의 민화가 다양하다. 생활미술의 흔적이다. 나무바탕에 채색한 서뱅골 지역의 궁중생활17세기 그림은 매우 서사적이다. 정밀한 표현은 당시의 우아한 풍속을 보여준다.

필통 크기의 감지 위에 금·은으로 입사한 불경10세기과 불상 채색화는 네팔에서 왔고, 풍속화로는 뱅골, 빠뜨나, 라자스탄, 구즈라뜨 지역에서 제작된 정밀 채색화가 전시돼 있다. 그 중 구즈라뜨 학교Gujrat School에서 그려진 회화14세기경는 중세 회화의 전통과 진수를 아낌없이 보여준다.

아래층으로 내려와 살펴본 토우와 테라코타, 그리고 조각 작품이 상상 외로 많고 우수하다. 부조로 새겨진 테라코타의 다양한 소재에서 수많은 신상神像과 신화神話를 본다. 토편에는 섹스 장면도 자주 눈에 띈다.

비쉬누, 수르야, 가네쉬, 바드위띠, 시바, 브라마, 그리고 붓다상이 즐비한 조각상의 재료는 검은빛의 블랙 베실트Black Basalt와 회색의 산드 스톤Sand Stone이 대부분이다. 무료

했던지 관리인은 내가 묻는 말에 하나하나 설명해 주는데 반짝이는 검은 돌은 블랙 클로라이드Black Chloride라고 했다.

옆방으로 돌아가자 다시금 수도 없는 신상과 불상이 빼곡하여 눈과 다리가 피곤할 지경이다. 소장품은 주로 서벵골, 비하르, 오리싸 지역 출토품인데 그 중 오리싸 출토의 '모자를 쓴 인물상'이 걸작기원전 1세기이다. 마치 당시의 인물상을 보는 듯하다. 불상은 간다라와 마투라의 전통양식으로부터 각각 분파하여 지역 특성을 가미하고 있다.

그런데 전시장을 지키는 이들은 하나같이 방명록에 감상의 소견을 부탁해 왔고, 주소와 이름을 적도록 강요했다. 박물관 운영방식이 매우 인상적이다. 또 구입할 것이라곤 리플릿과 그림엽서뿐인데, 대금을 지불하자 침을 발라 가며 판매장부를 넘기고 영수증을 써서 주는데 실제 반시간 가까이 걸렸다. 한편 이런 우직한 관행이 오늘날 벵골문화의 파수꾼 역할을 담당하고 있다.

박물관을 나와 숙소로 돌아가는 길에 처음으로 전차를 탔다. 값이 매우 싸다. 차장 사내에게 2.5루삐를 내고 창문을 등지고 직사각형으로 둘린 의자에 앉아 낯선 얼굴들을 마주보고 간다. 어쩔 수 없이 서로의 눈길이 오고 가니 묘한 기분이 든다.

빛을 발했던 과거의 문화도 오늘의 삶에 빛과 소금이 되지 못한다면 과연 역사의 의미는 무엇인가. 차창으로 보이는 이 누추한 현실이 과거 벵골 민족이 꿈꾸던 미래였을까. 역사는 과연 진보하는가.

이곳에도 진리의 빛은 있는가

라마끄리쉬나 집과 다끄쉬네쉬와르 깔리 사원에서

오늘의 순례지는 인도의 사상가요 성인으로 추앙 받는 라마끄리쉬나Ramakrishna, 1836 —1886년를 낳은 힌두의 다끄쉬네쉬와르 깔리 사원Dakshineshwar Kali Temple이다.

32번 버스에 올라 한 사람당 4루삐를 지불했다. 교통비는 거의 공짜인 셈이다. 젊은 차장 사내는 10루삐 지폐를 또르르 말아 다섯 손가락에 깍지 끼고는 종소리로 이어지는 줄을 당기며 연신 외친다.

또라 또라 꼬로비! 빨리 빨리 가자

차창으론 나뭇가지로 양치하는 사람, 거리의 면도사, 짜이를 마시는 이, 햇살이 부신데도 늦도록 뒹구는 노숙자들이 속속 눈에 들어온다. 전차와 버스, 사이클 릭샤와 인력거가 엉켜 지나가고 쓰레기더미를 뒤지는 까마귀와 개들. 그런데 이상하게도 이곳에서는 소가 보이지 않는다. 달동네처럼 천막과 판자촌만 즐비하다. 진짜 꼴까타의 서민 생활을 적

◉── 노숙자 | 49×31cm

나라하게 보여주는 것 같다. 또한 환상적인 영화 포스터가 담벼락에 어지러이 붙어 있다.
괴기스런 느낌마저 든다.

　그런데 재미있는 건 복잡한 버스 안인데도 여자가 올라오면 바로 자리를 양보하는 거
였다. 알고 보니 운전석 뒷자리와 왼편 자리는 여성 전용이었다. 여성을 배려하는 풍습이

다. 한편 중년 여인들의 늘어진 뱃가죽과 배꼽이 훤히 내보이는 전통의상은 아무렇지도 않게 여기고, 발을 내보이는 건 부끄럽다 하여 사리를 질질 끌고 다닌다. 참으로 알다가도 모를 풍습이다.

아직도 이곳에선 원시적인 방법으로 버스의 남은 연료를 측정한다. 기름통에 막대기를 넣어서 측정하는 것이다. 이러다 보니 운행이 더딜 수밖에 없다. 습관처럼 눌러대는 경적 소리와 귀를 찢는 엔진 소리, 최고 볼륨으로 틀어놓은 음악이 뒤섞여 소음으로 진동하는 버스를 1시간 정도 달려 목적지에 닿았다.

깔리 사원 앞은 붉은 꽃을 파는 가게와 수많은 신神을 파는 토산품 가게로 넘쳐난다. 우리는 우선 시장한 터에 간이식당부터 찾아 달밀가루로 만든 소스과 뿌리도너츠 같은 음식으로 아침을 해결했다.

깔리 사원으로 몰려드는 사람들은 모두들 바구니에 붉은 꽃을 들고 있다. 사리를 걸친 젊은 여인들의 다양한 옷차림과 헤어스타일은 눈부시다. 그런데 늙고 초췌한 장발의 걸인과 함께 두 팔이 모두 잘려나가 마치 토르소 같은 모습의 젊은이가 앞을 막아선다. 나는 몹시 당황스러운데 청년은 빙그레 웃음까지 띤 얼굴이다. 이 얼마나 혼란스러운 조우인가.

우리는 먼저 라마끄리쉬나가 수행처로 삼았고 최후를 보냈던 방을 찾았다. 스승이 이승을 하직했던 그 자리에서 사제는 향을 피우고 종을 치며 경배를 올리고 있다. 그는 또 꽃을 들어 눈, 코, 입에 대었다가 고인의 영정에 바친다. 함께 묵상하는 참배객들의 간절한 기도는 추모의 열정으로 뜨겁게 타오른다. 높지 않은 벽 위로 수십여 개의 사진들이 걸렸는데 라마끄리쉬나의 생전 모습과 부인, 그리고 제자들로 즐비하다.

라마끄리쉬나! 학자나 체계적인 사상가도 아니요, 사회개혁자, 독립투사도 아닌 문맹

●── 라마끄리쉬나 | 51×34cm

인으로 저서 한 권 남기지 않은 인도의 성자. 대체 그는 누구인가.

꼴까타 근교에서 태어나 깔리 사원의 사제였던 형을 도와 수행하던 중 형이 죽자 사제
직을 이어 진리와 종교의 보편성을 추구했던 신비스런 사상가, 라마끄리쉬나. 그는 자신만
의 종교가 옳다는 도그마티즘과 독선주의를 경계하고 진리는 각기 다른 이론과 교리를 통
해 하나의 바다에서 만나는 강줄기와 같다는 견해를 피력했다. 즉 이론보다는 실천이 더
중요하며 박띠^{봉헌}의 삶을 가장 큰 가치로 삼았다. 또 진리는 수용자의 적성과 조건에 따라
다른 방식으로 전개될 수 있음을 강조했다. 그의 강론 중 적절한 비유와 현실 삶 속의 예는

참으로 합리적이요 설득력이 크다. 한 예를 보자.

어느 박식한 학자가 배를 타고 강을 건너는데 사공에게 베단따와 샹까수론를 아느냐고 물었단다. 사공이 무식하여 모른다고 했더니 학자는 "당신의 삶은 참으로 헛되고 무의미하오" 하고 말했다. 그런데 잠시 후 강가에 폭풍이 불면서 배가 요동치자 학자는 두려움에 떨며 살려 달라고 애원하자 "나으리, 저는 베단따나 샹까철학은 모르지만 수영은 누구보다 잘 할 수 있지요" 했단다. 또한 '우유' 에 대해 논하기를 듣기만 한 사람, 보기만 한 사람, 맛만 본 사람보다는 그것을 마시고 소화시켜 피와 살로 만든 사람의 경우가 우유의 가치를 진정으로 알 수 있다고 갈파했다.

그의 사상과 철학은 마침내 비베까난다Vivekananda라는 제자를 만나 이론과 체계가 서게 되었고 그의 평전과 사상이 집약되는 인연을 낳는다. 한편 마하뜨마 간디에게도 크게 미쳤는데 특히 비베까난다 저술의 『나의 주인My Master』은 제자가 얼마나 스승을 존경하고 그의 사상을 실현하려 했는지를 살피게 한다. 그 비베까난다는 '다양성 속의 통일' 이라는 베단따의 중심사상을 발전시켜 인도는 물론 세계종교 속에서 보편적 진리를 구현하려 한 인물로 평가, 회자되고 있다.

참배의 방을 나와 뒤란으로 향하니 후글리 강이 은빛 햇살에 반짝이며 흘러간다. 철교각리레까난 다리 아래로 배들이 지나고 강가엔 수많은 사람들이 몸을 감거나 기도와 명상에 빠져 있다. 먼저 간 수행자들도 늘 저 강물을 응시하며 장엄하게 지는 낙조처럼 사라지길 바라지 않았을까.

◉── 수행중인 사두 | 24.5×16.5cm

이제 더 넓은 광장으로 올라가 아름다운 원추형 지붕의 다끄쉬네와르 깔리 사원을 돌아본다. 모두가 남성을 상징하는 링가의 시바신이다. 까닭인즉 본당에 모신 깔리신과는 부부이므로 다른 신을 모실 수 없다고 한다.

사원은 가르바그리하Garbhagriha, 탯자리라는 주실과 예배자들을 위한 만다빠Mandapa로 나뉘고 이를 이어주는 통로인 안따랄라Antarala로 구성돼 있다. 그곳 안따랄라의 둥근 선 안에 꽃을 바치며 절을 하는 사리 입은 여인들. 그 자태는 너무도 아름다워 그 모습 그대로가 꽃송이들이다. 천상의 붉은 꽃잎이 단심丹心으로 세상에 나부낀다.

한편 보통 예배의식과 공연, 수행 등이 이루어진다는 만다빠 공간에서는 여러 수행자와 함께 장발에 긴 수염의 한 사두가 수행중이다. 눈을 감은 채 목걸이로 된 주머니 속의 구슬을 한동안 굴리다간 손과 발을 수직으로 뻗어 주실을 향해 오체투지로 경배한다. 무엇이 저리도 간절한 걸까. 어떤 깨달음을 구하려 저리 애쓰는 것일까. 나는 그 모습을 화첩에 담아보며 그의 영혼 또한 저 후글리 강물의 노을 같기를 빌었다.

이제 숙소로 돌아가는 길. 꼴까타의 여정을 모두 끝내고 하우라 역에서 델리로 가는 오후 4시 열차를 타야 하므로 서둘러 버스에 올랐다. 그런데 오던 때와는 달리 거리는 장터처럼 변해 있다. 끝도 없이 경적을 울려대는 차들이 뒤엉켜 도무지 길이 트이지 않는다. 그런데 버스 안의 승객들은 모두들 무심한 표정일 뿐 누구 한 사람 미동이 없다. 다만 운전기사와 차장만이 고함을 지르고 거대한 풍랑을 헤치듯 차를 움직이느라 악을 쓴다. 이런 현실을 일상으로 겪고 있는 서민들의 참담함이란 도무지 상상키 어렵다. 누구도 거부치 못하고 빠져 나갈 수 없는 삶의 그물망에 사로잡힌 사람들. 이들에게 과연 어떤 꿈을 물어야 할까.

◉── 꽃송이의 기도 | 55×39cm

버스가 겨우 시내로 빠져 나와 2시간이나 걸려 숙소에 도착한 후 허겁지겁 짐을 싸 하우라 역으로 달려갔다. 그런데 두 군데의 역사驛舍 중 엉뚱한 곳으로 가서 다시 택시를 잡아탔다. 다음 역으로 가는 길 또한 인파와 차량으로 혼잡의 극치를 보인다.

오, 이곳에도 진리의 빛이 존재하는가. 깨달음을 얻겠다고 찾아오는 세계 곳곳의 수많은 사람들은 과연 어떤 깨달음을 구해 갈 수 있을까. 시간에 쫓겨 허둥대는 나는 겨우 열차에 올라 다시 흔들린다.

붓다의 그림자를
찾아서

하늘 연꽃이 피었습니다

혜초스님과 나씩 석굴사원

불교의 발상지에 와서 불조佛祖의 그림자
를 찾아가는 길은 영혼의 순례이다. 그 옛날 그
길을 찾아간 위대한 한국인, 혜초스님704—780년. 그의 『왕오천축국전往五天竺國傳』은 1908
년 프랑스인 펠리오동양학자이자 탐험가에 의해 중국 감숙성 돈황 천불동에서 발견되었다.

이로 인해 혜초스님의 인도 기행이 밝혀졌다. 남해의 바닷길로 동천축에 상륙한 뒤, 불
교 성지를 참배하고 중천축과, 서천축, 북천축의 여러 곳을 두루 돌아보았다. 그 다음에 서
쪽으로 대식국大食國. 아랍의 페르시아까지 갔다가 중앙아시아의 몇몇 호국胡國 주위를 지나
파미르 고원을 넘어 중국 땅에 들어섰다. 그리고 쿠차와 돈황을 거쳐 장안으로 돌아왔을 것
이다. 장장 5년723—727년이라는 긴 세월이 걸렸다.『혜초의 왕오천축국전』, 정수일 역주, 학고재

땅은 디딘 만큼 단단해지고 종소리는 때린 만큼 커지는 법이다. 두 발로, 온 몸으로 열어 간 그 길의 고난과 감동을 자동차를 타고서야 어찌 가늠이나 해 볼 수 있을까.

달 밝은 밤에 고향길을 바라보니

뜬구름은 너울너울 고향으로 돌아가네.

나는 편지를 봉하여 구름편에 보내려 하나

바람은 빨라 내 말 들으려고 돌아보지도 않네.

내 나라는 하늘 끝 북쪽에 있고

다른 나라는 땅 끝 서쪽에 있네.

해 뜨거운 남쪽에는 기러기조차 오지 않으니

누가 내 고향 계림으로 날아가 소식 전하리.

그의 구도행이 향수에 목말라 있을 때 그날의 달빛은 천축국^{현재 인도의 나씩, Nasik}과 서라벌을 이어주었을 것이다.

그는 당시 나씩^{남천축국}을 둘러보고 "대승과 소승이 구행하며 '절과 승려가 많고足寺足僧' 왕과 수령, 백성들이 삼보를 극성스레 공경하고 있었다"고 적고 있다.

그 옛 남천축국南天竺國인 나씩 석굴을 찾아가는 길, 그 길목에서 고다바리^{Godavari} 강을 만났다. 소위 서부의 '바라나시'로 불리는 곳이다. 인도 중부를 횡단하는 고다바리 강은 남서부 힌두교도들의 성소다. 그곳도 강가 강처럼 목욕과 빨래, 그리고 물소떼들로 야단스럽다. 강은 초기 경전^{숫타니파타}에서 도피안到彼岸의 무대로 등장한다. 당시 16명의 수

◉── 빨라스 꽃─하늘 연꽃 │ 39×39cm

◉── 나씩 빤두레나 석굴(화첩) | 66×24.5cm

행자들 중 이곳을 찾은 삥기야Pingiya 스님의 구도행은 참으로 눈물겹다.

　목숨을 건 구도의 길에 나선 수행자들은 고다바리 강 유역에서 500km의 장도에 올라 마침내 라자가하에서 붓다를 만났다. 그 후 삥기야 스님은 다시 불법을 전하기 위해 나씩으로 그 먼 길을 되돌아왔다고 전한다.

　이튿날 아침 숙소에서 마침내 나씩 석굴을 향해 달리자 피라미드 같은 산세에 허리에 띠를 두른 듯한 석굴이 연이어 드러난다. 빤두레나Pan dulena 산이다. 산을 오르다 내려보는 넓은 대지엔 아쇼까 대왕의 싼치 탑을 그대로 흉내낸 건축이 녹지와 함께 모습을 드러낸다. 그리고 그 길목에 피어난 '빨라스' 라는 흰꽃이 유난히 눈길을 끈다. 구불구불한 줄기들에 나뭇잎 없이 꽃만 당그라니 가지 끝에 피어 있다. 꽃의 형태와 느낌이 꼭 수련 같은

데 푸른 하늘 아래서 쳐다보니 마치 창공에 핀 흰 연꽃 같다.

석굴은 거대한 암벽을 파고 조성한 대역사로 절실한 구도의 성심으로 오로지 정으로 쪼아 만든 것이다. 어떻게 저 거대하고 단단한 암벽을 쪼아낼 수 있었을까. 또 암벽에서 부처를 나투게 할 수 있었을까.

스뚜빠, 법륜상, 보리수 등은 초기 불교의 산물로 기원전에 조성된 것이고, 이후의 불상은 주로 불타가 깨달음을 얻은 뒤 설법하는 모습을 형상화한 초전법륜상初轉法輪像이다.

이곳 석굴의 중심은 페르시아의 영향을 받은 돌기둥 내부의 석굴사원이다. 하지만 나의 흥미는 자연 암벽 지붕을 그대로 살려 파고 들어간 곳에 이야기를 담은 불상을 조각한 장면들이다. 이와 같이 인도 대륙에는 약 1,200개의 동굴사원이 있는데 데칸 고원 일대에만 1,000여 개에 이를 정도로 밀집되어 있다. 유독 이곳에 바위산이 많은 탓이겠다.

현장에서 먹을 풀어 석굴의 신비를 붓질하는데 하늘 연꽃 빨라스가 한들한들 땅에 먹 그림자를 드리운다. 과거의 유산에 투영되는 현실의 꽃. 꽃은 정과 망치를 든 옛사람의 영혼의 현현인 양 석굴에 꽃그림자를 드리운다.

여기 어느 곳엔가 혜초스님의 숨결이 남아 있을 것이다. 한 구도자의 서원은 모두를 숙연케 하고 끊임없이 순례객을 부르고 있다.

화첩을 덮고 둘러보니 석굴은 23개에 이르는데 관리소 하나 없이 방치되어 있다. 듣기로 지금은 승려보다는 오히려 힌두교들이 많이 찾는데 그들은 사원 입구 바위에 새겨진 시바신상에 대한 경배를 우선시한단다. 신앙 공간으로가 아니라 유물로만 남아 있는 석굴 사원일 뿐이라는 얘기다.

산을 내려오는데 '와바' 라는 녹색과일을 파는 여인이 쭈그리고 앉아 순례객을 부르고

◉—— '와바' 파는 여인 | 30×44cm

있다. 우리 일행들의 발목을 잡는 덕택에 나는 충분한 밑그림을 그리는 행운을 얻었다. 다시 싼치 탑을 모형으로 한 건축물이 눈에 띄지만 필경 불교 사원이 아닌 것 같다. 하지만 신앙은 변해도 좋은 형식은 저렇듯 이어진다. 고여서 썩지 않고 흐르는 물처럼.

 나씩 빤두레나 석굴 | 143×74.5cm

붓다를 숭배한 혼백의 전당

아잔따 석굴사원에서

때는 1819년, 영국 장교 존 스미스John smith가 동굴 속으로 사라진 호랑이를 쫓다 찾아낸 곳이 아잔따 석굴사원이라고 한다. 기원전 2세기부터 기원후 7세기에 조성된 세계 최고의 불교 유적지 '아잔따 석굴'은 9세기 이후 불교가 쇠퇴함에 따라 광대한 밀림지대로 변했고, 교통도 끊어진 상태에서 인간의 관심 밖으로 밀려났다. 그러다가 다시 세상 빛을 보게 된 것이다. 이는 석굴암이 1200년간 이어온 숨결을 잠시 멈추고 묻혀 지내다 일제 때 한 일본인 집배원에 의해 발견된 사실과 비슷하다.

만약 아잔따가 역사의 침묵 속에 묻혀 있지 않았다면 파불의 칼바람을 피할 수 없었을 것이다. 석굴암 또한 조선의 억불정책에서 살아남을 수 없었을 것이다. 경주박물관 뜰의 수없이 많은 목 잘린 불상을 보노라면 충분히 가정해 볼 수 있는 사실이다. 사람에게 그렇듯이 유물에게도 때론 침묵의 시간이 필요한가 보다.

208

아잔따의 30개 석굴이 소프트웨어라면 석굴이 위치한 천혜의 조건은 완벽한 시스템을 내장한 하드웨어라 할 수 있다. 자연 지리적 요소는 하늘이 숨겨 놓은 난공불락의 요새요, 불법수호의 전당이자 수행의 전진기지인 것이다.

거의 기복이 없는 산등성이 아래 침식단애侵蝕斷崖에 형성된 석굴 앞에서 굽이치는 물줄기를 바라본다. 산을 등지고 물에 임한背山臨水 풍수의 전형이다. 여기에 아잔따의 운명은 불법佛法을 만나 마르지 않는 역사의 강물로 흐르고 있다.

매표소로 내려가 1굴부터 살펴보며 오르는데 한국 학생들이 자주 눈에 띈다. 방학을 이용해 배낭여행중인 학생들이다. 반갑기 그지없다.

석굴은 차이뜨야Chaitya와 비하라Vihara로 불리는 예배공간과 수행공간으로 나뉘는데 9·10·19·26·29번 석굴이 전자요, 나머지는 후자에 속한다. 한편 1번에서 26번까지는 완성되었지만 나머지는 미완의 석굴이다.

제1굴의 생생한 벽화를 만나는 순간, 오금이 저린다. 한송이 연꽃을 쥔 연화수보살蓮花手菩薩 앞, 10년 전 옛 고구려 땅 집안集安에서 생생한 고구려벽화를 함께 보면서 눈물을 흘리던 동료의 심회가 이와 같았을까. 저 현란한 구성과 자연 채색은 어디로부터 온 것일까. 명색이 미술학도인 나는 옛 장인들의 혼백 앞에서 숙연해질 수밖에 없다. 이름과 명예를 추구한다는 것이 어쩌면 허영에 지나지 않는다는 것을 새삼 깨닫게 되는 것이다.

제2굴 감실 입구에 그려진 과거천불過去千佛은 낯설지 않다. 데칸 고원에서 실크로드를 통해 돈황, 운강, 용문석굴을 거쳐 한국으로 들어온 친연성이 서려 있다. 기원전 무불상無佛像 시대에 조성된 9·10번 석굴은 중앙에 거대한 돔dome을 연화대에 안치하였는데 종

아잔따 석굴 | 533×168cm

을 엎어놓은 듯한 공간 창출이 숭엄한 기운을 자아낸다. 그리고 또다시 이어지는 거대한 불상과 17번 굴의 벽화는 탁발하는 붓다와 그 가족 이야기, 과거 7불에 미래불을 더한 팔불도八佛圖로 장엄하였다. 기원후 500년경에 조성되었다는 제19굴은 아잔따 석굴 중 가장 아름다운 조각과 장식으로 유명하다. 화려하고 섬세한 신라 말의 양식처럼 내용보다는 형식에 치우친 감이 없지 않다. 극도로 세련된 기능은 때로 절제된 구조미를 간과하는 양상을 빚기도 하는 까닭이다.

한편 완성된 마지막 석굴인 제26굴은 가장 후대의 것으로 아잔따 석굴 조성의 운명을 예시하듯, 거대한 붓다의 열반상을 조각해 놓았다. 많은 제자들과 더불어 나무 아래서 슬퍼하는 아난존자의 슬픔이 석굴을 감싸고 도는데 중심에 위치한 웅대한 스뚜빠는 부처의 형상을 새긴 새로운 양식으로 돋보인다.

긴장과 충격이 감도는 염천의 석굴 순례는 한편으로 심신의 안식이 되기도 한다. 석굴 안은 서늘하기 때문이다. 석굴 순례객의 대부분은 인도인이다. 그들의 눈길 속에는 종교와 관계없이 조국의 문화유산에 대한 자긍심이 담겨 있다. 잘 차려입은 여인들의 현란한 사리 물결은 옛 유적과 어우러져 공존하는 풍경인데, 석굴 앞 여인들은 그대로 '꽃'이다. 그 꽃, 예토穢土가 곧 정토淨土임을 일깨운다.

◉ ─── 석굴 앞의 꽃 | 64×93cm

회개의 불탑, 못다 부른 사랑가

싼치 언덕 대탑의 노래

인도의 전륜성왕轉輪聖王, 천하를 다스리는 왕중왕으로 불리는 아쇼까 대왕기원전 269—232년의 이름을 딴 아쇼까 호텔에서 묵은 이튿날 새벽, 아름다운 보빨의 호수보스빨레이끄에서 아침을 맞는다. 밤이슬과 물안개가 청신한 대기로 순환하는 시간, 동트는 새벽 기운 속의 산치 언덕은 더욱 숭엄하다. 그 광경을 바라보며 듣는 아쇼까 대왕의 '회개와 사랑의 이야기'는 사실 여부와 관계없이 아름답다.

때는 기원전 3세기, 아쇼까 태자는 이곳 산치의 인접 마을비데하 한 처녀데비를 사랑하였고 혼인을 약속했다. 그러나 끊임없이 전쟁을 치르느라 그녀를 잊고 지냈다. 사랑하는 사람으로부터 잊혀진 이 불행한 여인은 홀로 아들과 딸을 낳아 길렀다. 더 세월이 흘러 아쇼까가 마침내 인도를 통일하자 그녀는 아들에게 예전에 나누었던 신표를 주고 아버지를 찾아가게 한다.

한편 아쇼까 대왕은 전쟁의 참상을 통해 무고한 살생에 대한 통렬한 회개로써 영원히 전쟁을 하지 않기로 결심했다. 그리고 불교에 귀의했다. 그때 아쇼까 대왕은 아들을 만났고 잊었던 옛 연인과의 추억을 되살린다. 하지만 여인은 사무치는 그리움을 접고 이미 세상을 떠난 뒤였다. 아쇼까는 그녀의 애환과 유지를 받들어 탑을 쌓았으니 바로 오늘의 싼치 탑이다. 그 탑은 이천수백년의 성상을 견디며 불교 탑파의 시원이 되고 마침내 인류의 문화유산으로 우뚝 솟았다.

싼치 언덕으로 오르는 길은 대지와 하늘의 교합에 동참하는 길이다. 움직이는 모든 것은 우주의 파장이다. 쇠똥을 말리는 여인, 등교 길의 아이들을 뒤로 하고 싼치 탑에 이르자 대탑제1 스뚜빠은 상상 외로 장중하다. 또한 부속 조각은 다양한 형태에 정교하기 이를 데 없다. 특히 대탑문에 새겨진 조각은 기원전 2세기에서 기원후 1세기에 걸쳐 조성된 것으로 부처님 일대기 및 전생담, 아쇼까 왕의 행적을 표현하고 있다. 따라서 그 상징과 구성은 매우 서사적이다. 대탑의 사방문은 오늘날 가람에서 일주문의 형식을 낳게 한 모태다.

스뚜빠의 전체적인 외양은 밥사발을 엎어놓은 것 같은 복발覆鉢 형태이다. 그런데 이 거대한 스뚜빠는 한동안 밀림 속에 숨어 있었다. 그러다가 1818년 영국의 테일러 장군에 의해서 세상에 알려지기 시작했다. 그 후 1912년 존 마샬경의 지휘하에 인도 고고학국에서 본격적으로 발굴했는데 2차에 걸쳐 복원한 모습이 오늘의 산치탑이다.

대탑은 우선 기원전 3세기의 유적이라는 점에서 보는 이를 놀라게 한다. 이에 더하여 높이 16m, 직경 37m의 웅장한 규모는 상상을 초월한다. 탑 주변에는 난간을 둘러 참배객들이 스뚜빠를 돌며 예불할 수 있게 하였다. 같은 형식인 신라의 황룡사지 9층 목탑, 21세기의 보탑사가 떠오른다. 황룡사의 목탑은 불타버렸지만 21세기에 만든 보탑사는 수천년의 전통을 잇고 있다. 무릇 걸작은 국경 넘어 보편의 원형으로 확장된다.

대탑 문에는 붓다의 전생사前生事인 본생담本生譚을 주제로 한 본생도本生圖가 부조浮彫되어 있다. 붓다의 생애를 설화의 방식으로 표현하기 위해서는 한 장면에 시공을 초월한 사실들이 복합적으로 나타날 수밖에 없다. 따라서 시각의 관념화가 필요한 것이다. 이것을 서양화법의 투시법으로 이해하려고 해서는 안 되며 불경의 내용을 도설적으로 표현한 변상도變相圖로 이해하며 감상해야 하는 것이다. 최완수

일행은 대탑 앞에 자리를 잡고 송암스님의 주재로 목탁소리에 맞춰 예불을 올린다. 주위를 맴돌던 개들도 쭈그리고 앉아 예불을 경청하는 모습이 참으로 희안하다. 과거의 유산이 아닌 법신法身의 광휘가 다시 살아오르는 시간. 나는 아쇼까 대왕과 데비 여인을 부르는 초혼招魂의 붓질로 화첩을 열고 닫았다.

● —— 싼치 대탑 · 제1 스뚜빠 | 93×64cm

◉── 싼치 언덕의 새벽 │ 92×32cm

탑의 시원과 부조미의 정수

싼치탑 전경을 담으며

'과학은 설명할 수 있는 것을 설명하는 것이고, 예술은 설명할 수 없는 것을 설명하는 것이며, 종교는 설명해서는 안 되는 것을 설명하는 것이다' 강우방라는 말의 의미를 산치탑에서 맛본다.

'탑塔'은 인도어 '뚜빠thupa'를 음역한 '탑파塔婆'에서 유래한 것으로 붓다의 열반 후 화장한 유골을 모신 것이 시초다. 붓다가 열반에 들자 여러 종족이 유골을 팔등분하여 나누어 가졌으므로 인도 땅엔 여덟 곳에 스뚜빠가 세워졌다. 그 후 200년 뒤 아쇼까 대왕은 그 중 일곱 개의 스뚜빠를 열고 다시 유골을 팔만 사천 개로 나누어 스뚜빠를 인도 각지에 세웠다고 한다. 이 상징적인 팔만 사천의 숫자는 후일 대장경을 낳는 근거가 되기도 한다.

아쇼까 대왕이 널리 펼친 불법佛法의 중심이 되는 싼치 탑의 형상은 불교미술에 있어 회화, 조각, 건축의 시원이자 초기 불교사원 가람배치의 전범이 되었다. 그래서일까, 지난 수십년간 꾸준히 남한의 사찰을 찾아 가람의 진경을 그리려 노력해 왔던 내게 싼치 탑은 위대한 문화 유산 그 이상의 의미로 다가왔다. 내가 간절히 표현하고자 했던 가람의 원형이 바로 싼치 탑이니 말이다.

대탑문은 일주문의 원형이고 복발 형태의 반구 위 상륜부는 오늘날 탑의 시원이다. 즉 반구형의 탑신부 위에 평두平頭의 4면체 울타리가 있고 그 위로 솟은 옥개屋蓋인 버섯모양의 다층형식에서 탑의 시원양식을 발견하게 된다. 이 양식은 인도식 기본형이 되어 간다라 후기 인도식와 중국의 석조 다층식파고다, 목조 다층식운강석굴 등으로 변천되었고, 마침내 한국에 전래되어 새로운 석탑 양식을 창출하게 한 것이다.

싼치 언덕에는 원래 8개의 스뚜빠가 있었다고 한다. 그러나 지금은 제1ㆍ제2ㆍ제3 스뚜빠와 부러진 당시의 석주, 승방의 흔적만이 역사의 유물로 남았다. 그 중 제1 스뚜빠 남문 옆에 세워진 아쇼까 석주는 온전했다면 현재 인도의 엠블렘사자상이 바로 이것에서 비롯되었음을 단박에 알게 할 것 같다.

초기 불교 가람의 효시가 되는 싼치의 유적을 화폭에 담기 위해 뛰어다니자 한 박물관 직원이 고맙게도 유적 위치와 도표를 그려준다. 이를 참조로 한국의 가람을 그리듯 싼치 유적을 화첩에 담는 일이 감개무량하다.

싼치 언덕에서 조금 내려가는 제2 스뚜빠는 제1 스뚜빠대탑에서 멀리 떨어져 있다. 두 탑을 이어 주는 길 위의 돌은 기원전 1세기경에 다듬어 놓은 것들이다. 나는 지금 시간 여행을 하고 있는 것이다.

연못을 지나 마주한 스뚜빠의 발굴 과정에서는 10명 스님의 사리가 출토되었다 한다. 얼핏 대탑에 비해 매우 단조로워 보이고 장중미도 부족한 듯하나, 다가서서 탑을 둘린 울

인도 산치 제2스투파
양의헤 호신

◉—— 싼치 대탑 제2 스뚜빠 부조 | 79×109cm

타리의 부조를 보는 순간, 최고와 최상이라는 찬사가 절로 터져 나온다. 지금까지 보아온 부조의 형식과 내용 중 이처럼 다이내믹하고 변화무상한 작품을 본 적은 없는 것 같다. 예전의 감동이 이 부조 앞에 다 밀려나고 무너지는 것 같다.

대탑문의 고부조에 비해, 반부조나 저부조에 가까운 조각 수법은 다양한 내용을 담기 위한 선택인 것 같다. 부조의 디테일은 마치 고대벽화를 보는 듯한 상징과 도형, 그리고 이미지를 보여준다. 물고기와 연꽃, 코끼리와 새, 악어와 말, 그리고 불교 도상의 법륜과 사자상의 석주 등. 형상을 문양으로 변형한 구성력과 자연스런 발상은 실로 만물의 근원과 공생을 보여 주는 한 편의 드라마다. 이 부조 작품들만 찍어서 책을 내도 세상 어떤 불교미술책보다 훌륭한 책이 될 수 있을 것이란 확신이 든다.

이 같은 부조의 전통은 한대漢代의 화상석畵像石에서도 찾을 수 있으나, 인도 부조의 영향으로 육조六朝와 당대唐代에 걸쳐 와전瓦塼이나 거울 등에 많이 새겨지게 된다.

그런데 제2 스뚜빠에 새겨진 부조의 아름다움을 살펴보자니 우리 백제6세기의 산수문전山水文塼과 통일신라771년 때의 성덕대왕신종에 새겨진 비천상, 그리고 수많은 와당에 빚어진 연꽃 부조의 아름다움이 떠오른다. 그 부조미의 정수를 찾아 시간의 흐름을 거슬러 한국인이 인도 땅에서 마주하는 감회라니….

나는 여행자들에게 간곡히 권하고 싶다. 쌘치 언덕에 가면 대탑제1 스뚜빠의 장엄과 함께 언덕 아래로 가서 제2 스뚜빠의 부조미를 놓치지 마시라고. 그곳에서 당신은 분명 과학과 예술과 종교가 행복하게 만나는 장면을 만끽하게 될 테니까.

印度산치느투타
癸未 玄石

◉── 싼치 대탑 전경 | 340×130cm

나를 닮은 붓다를 찾아서

마투라 불상 소묘

"그렇다면 도로 눈을 감고 가시오."

— 연암 박지원

오후 1시경 국립박물관을 나서 쉬지 않고 야무나 강을 끼고 달려온 마투라. 145km를 달려 마투라 고고학 박물관에 당도한 시간은 오후 5시 40분. 그러나 불행하게도 박물관 문은 굳게 닫혀 있다.

5시 폐관을 조금 연장해 달라고 현지 가이드 라전 싱이 휴대폰으로 수없이 사정했건만 소용이 없었다. 인도인끼리 얼굴을 붉히고 우리 모두는 허탈했다.

앞서 국립박물관에서 본 마투라 불상과의 조우는 그리스와 헬레니즘의 영향을 받은 간다라 불상의 세련미와는 다른 자생불상自生佛像의 미감을 발견하게 했다. 그 불상에서는

붓다키타의 어머니 아모하시는 자신의 절에 보살상을

상비쫌보명 살보 장소 관물박라투마 도인 여하위을락안

과익이의생중체일 다신모어들만

— 보살명불삼존비상 | 46×64cm

인도인의 골격이 뚜렷하면서도 소박하게 투영돼 있었다. 그런데 지금 나는 자생불상의 연원을 수도 없이 확인할 수 있다는 마투라 박물관을 코앞에 두고 발만 동동 구르고 있다. 인도에 오기 전 자료를 뒤적이며 설레었던 꿈이 사그라질 판인 것이다. 내부 행사 주간이라 내일도 문을 열지는 알 수 없다는 절망적인 말을 듣고 다음 여정인 아그라로 향하는 심정은 참담했다.

지금은 힌두교의 성지요, '끄리쉬나'의 탄생지로 비쉬누신神을 찾는 곳이 되고 있지만 초기 불상의 발생지로서 마투라는 여전히 그 명성을 잃지 않고 있다. 즉 슝가, 꾸샨, 굽따왕조에 걸쳐 가장 인도적인 분위기의 불상이 조성될 수 있었던 자연조건을 갖춘 곳이기 때문이다.

마투라 지역은 갠지스 강의 지류인 야무나 강 유역으로, 간다라에서 뻰잡을 거쳐 내려와 갠지스 강 중·하류의 마가다 지방으로 가기 위해서는 반드시 이곳을 거쳐야 했다. 또 인도 서남부로 가는 길도 이곳에서 갈라졌고, 지금도 인도에서 4개의 철도 노선이 만나는 유일한 곳이다. 따라서 외부의 자극 속에 고유문화에 대한 자긍심을 드러낸 것이 마투라 불상의 특징이다. 간다라 불상이 그리스 조형 전통에 기반을 둔 것이라면, 마투라 불상은 순인도적인 조형 전통을 바탕으로 하고 있는 것이다.

마투라 불상의 도판을 살펴보면 꼭 어디선가 만나본 인도 청년의 모습을 연상하게 된다. 큰 눈망울에 곧고 넓은 코, 두툼한 입술에 둥근 얼굴이 소박하고 정겹다. 나발머리모양만 없다면 평범한 소년의 얼굴에 가깝다.

불상은 기원후 1세기경부터 나타나는데 두 지역에서 동시에 일어난 곳이 마투라와 간다라 지역이다. 마투라의 불교미술이 고대 인도 미술의 기초 위에서 등장한 반면 간다라

미술은 거의 전적으로 외래 미술, 특히 서양 고대 후기 미술을 모델로 하고 있었다는 사실이다.이주형, 『불교미술』

도판으로도 그 느낌은 현저하다. 예컨대 마투라 박물관 소장의 보살명불삼존비상菩薩銘佛三尊碑像은 육감적인 청년의 씩씩한 모습에서 자신감 넘치는 인도인의 얼굴이 느껴진다. 부처를 친근하게 표현함으로써 이웃 모두의 소망을 투사한 것이다. 그 마음을 다음과 같은 명문으로 새겨 놓았다.

붓다라키타의 어머니 아모하이시는 자신의 절에 보살상을 만들어 모신다. 일체 중생의 이익과 안락을 위하여.

또한 불상의 형식을 살피면 마침내 협시인물脇侍人物이 등장한다. 삼존불상의 시원 양식이 나타나는 것이다. 한편 여기서 '보살'이라는 칭호는 아직 깨달음에 이르지 못한 석가모니를 상징하는 것으로, 대개 마투라의 불상이 젊은 청년의 모습으로 표현된 까닭이 거기에 있다. 즉 완전한 깨달음에 이른 붓다가 아니라, 가능성으로서의 부처를 보여 줌으로써 성불의 길로 인도한 것이다. 그리하여 마침내 노래를 지어 부처의 형상을 찬미하고 우리 모두 '자신을 닮은 부처'를 찾아 나서게 한 것이다.

부처님 위해 여러 형상 세우거나
부처님 상 조각한 이들 모두 성불했고,
칠보나 놋쇠나 백동

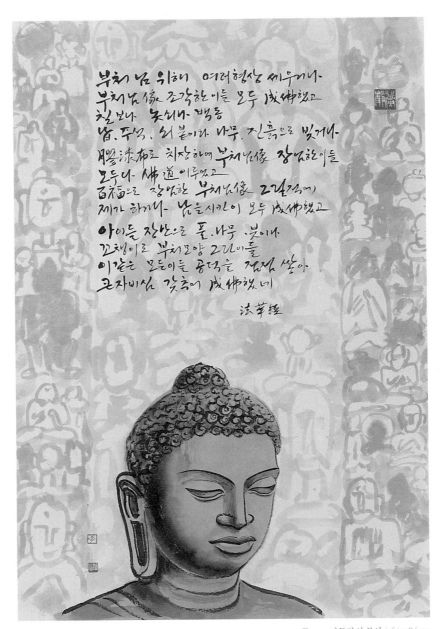

부처 님 위하여 여러형상 세우거나
부처님像 조각한 이들 모두 成佛했고
칠 보나 놋쇠나 백동
납, 주석, 쇠 붙이과 나무, 진흙으로 빚거나
膠漆布로 치장하며 부처님像 장엄한이들
모두다 佛道 이루었고
百福으로 장엄한 부처님像 그림것에
제가 하거나 남을시겨나 모두 成佛했고

아이들 장난으로 풀.나무 붓이나
꼬챙이로 부처모양 그린이를
이같은 모든이들 공덕을 점점 쌓아
큰자비심 갖추어 成佛했네

法華經

● —— 마투라의 불상 | 64×94cm

납, 주석, 쇳덩이나 나무, 진흙으로 만들거나

교칠포膠漆布로 치장하여 부처님 상

장엄한 이들 모두 다 불도佛道 이루었고,

백복百福으로 장엄한 부처님 상 그릴 적에

제가 하거나 남 시킨 이들 모두 다 성불했고,

아이들 장난으로 풀, 나무, 붓이나

꼬챙이로 부처 모양 그린 이들.

이 같은 모든 이들 공덕을 점점 쌓아

큰 자비심 갖추어 성불했네.

—『법화경』, 이운허 역李耘虛 譯

이 마투라 불상은 점차 초기불상에서 보이던 발랄한 소년의 천진성이 감소되고 웃음기 머금어 약간 감긴 눈과 과장된 입술 둘레선이 유도하는 신비로운 미소에 의해서 고요하고 환상적인 분위기로 변한다. 이 요소들이 마침내 세계 조각사상 가장 신비로운 인체 표현을 구비한 굽따 불상양식을 이루어내게 되는 것이다. 이 불상의 연원은 비단길을 따라 중국에서 한국으로 그리고 일본에 전해지는 대해의 물결 속에서 서로의 표정을 달리하고 상징과 교리의 해석에 따라 변천을 거듭해간 것이다.

나는 마투라의 불상 속에서 인도인을 보았듯이, 한국의 불상에서 우리의 모습을 볼 수 있기를 간절히 소망한다. 삼국시대, 고려, 조선의 불상을 떠올리며 한국인을 닮은 부처상을 만나보고 싶다.

올해가 가기 전에 걸망을 지고 산사를 찾아 꼭 나를 닮은 부처를 만나고 싶다. 그리하여 마투라의 회한을 씻어보고 싶다. 그래서 나는 지금 '도로 눈을 감고' 마투라의 추억을 그리워한다.

하늘 계단과 붓다의 효성

오늘의 '삼계보도'를 그리며

삼계三階의 스승으로 추앙받는 붓다에게 어머니는 어떤 의미일까?

불모佛母 마야부인은 왕궁이 아닌 룸비니 숲길에서 아들 싯다르타를 낳고 이레만에
이승을 하직했다. 그 어머니의 영혼은 천상에서 한시도 편한 날이 없었을 것이다. 생모를
생각하며 외롭게 자라야 했을 아들을 떠올릴 적마다 눈물겹고, 그 아들이 마침내 붓다진리
를 깨달은 자가 되었을 때는 벅찬 그리움으로 환희했으리라.

어머니는 그 아들이 보고 싶었다. 아니 세존이 되신 귀한 자의 말씀을 듣고도 싶었다.
이에 붓다는 마땅히 어머니의 영혼을 위무慰撫함이 보살행이요, 불심佛心이 곧 모심母心임
을 천안天眼으로 깨닫고 천상도리천에 오른다.

이 이야기가 바로 오늘날 인도 불교 유적지에서 자주 보이는 '삼계보도三階寶道' 부조浮彫의 모태다. 붓다가 도리천에 올라 어머니 마야부인을 만나 설법한 후 다시 지상으로 내려오는 장면을 표현한 것이 삼계보도인 것이다.

그 하강의 땅이 오늘 찾은 쌍까시아Sankasya 지역으로 델리 동남쪽 빠그나Pakhna 역으로부터 11km 떨어진 곳이다. 성지의 흔적이라고는 부러진 아쇼까 대왕 때의 석주와 작은 사당, 그리고 벽돌로 쌓은 담장과 예불당은 이제 초라한 힌두사원으로 변해 있다. 하지만 일행은 현지의 인도 스님들과 함께 향을 사르고 탑돌이를 마다하지 않았다. 붓다의 지극한 효성을 기리는데 현상은 별로 중요한 게 아니질 않는가.

인도를 다녀온 중국의 법현스님에 의하면 "붓다께서 도리천상으로부터 동쪽으로 향해 내려오셨다. 그 길을 붓다는 신족통으로 3도道의 보계寶階를 만들어 칠보의 계단 위로 내려오셨다. 범천왕은 백은白銀의 계단을 만들어 우측에서 흰 불자拂子를 손에 쥐었고, 제석천은 자금紫金. 수정 계단을 만들어 좌측에서 칠보의 일산日傘을 들고 내려오는데 모든 하늘 천신들은 무수히 붓다를 따랐다.

위의 내용은 오늘날 아쇼까 석주 옆 작은 사당의 부조 작품에서도 보인다. 한편 신라의 혜초스님은 "탑 왼쪽은 금으로, 오른쪽은 은으로 장식하고 가운데는 유리를 박았다. 붓다는 가운데로, 범왕은 왼쪽 길에 제석은 오른쪽 계단에서 붓다를 모시고 내려온 곳이 바로 이곳이라 탑을 세웠는데 절과 스님이 상주하고 있음을 살필 수 있었다"고 725년 이곳을 방문한 후『왕오천축국전』에 기록으로 남겼다.

이와 같은 기록에 의해 성지가 되고 있는 쌍까시아는 현재 매우 가난하고 외진 마을이다. 붓다께서 쌍까시아로 내려오시던 날, 수많은 중생들이 모여 합장하자 땅위로부터 세

삼계보도(三階寶道) | 63×91cm

갈래의 길, 즉 삼계보도가 솟아올라 하늘까지 닿았다는 '하늘 계단'. 그 칠보계단으로 내려오신 붓다는 다시 중생구제의 길로 들어섰다 하니 그 계단은 여전히 가난한 마을에서 하늘로 이어져 있을 것이다.

나는 고민되었다. 옛 사람이 아닌 오늘의 작가가 군이 경전 기록에만 의지한 채 '삼계보도'를 그릴 필요가 있겠는가를. 관계 자료와 도판들을 살펴보니 모두가 조금씩 다르고 표현 내용도 참으로 다양했다. 비로소 나는 용기를 냈다. 아무리 좋은 내용도 시대에 맞는 형식을 갖추지 못하면 낡은 가치요, 새 형식이라도 내용을 망각하면 별 의미가 없다.

우리 옛그림 속에서 단원 김홍도가 그린 절로도해도折蘆渡海圖는 달마가 갈대를 타고 물위를 걷는 모습인데, 그 그림 속의 달마는 순 조선 사람이다. 염불서승도念佛西昇圖에서는 우리 스님의 뒷모습을, 그리고 남해관음도南海觀音圖는 마치 나들이 나온 모자母子 같은 한국인의 얼굴로 바꾸어 놓아 친근감이 더하다. 한편 근대에 와서 운보雲甫 김기창金基昶은 성화로서 '예수의 일대기'1951년를 제작했는데, 조선의 예수로 모델을 설정하고 주변 배경 또한 조선시대의 풍경으로 묘사하여 큰 감동을 자아냈지 않았던가.

생각이 이에 미치자 중생구제를 위해 하늘에서 내려오는 오늘의 인물로서 붓다를 설정함이 마땅하다는 결론에 이르렀다. 따라서 함께 한 일행과 주변 사람, 그리고 인도 스님들의 기원을 삼계보도 양쪽으로 설정하고 황금색 계단을 내려오는 붓다의 이미지는 수년 전 절집에서 구한 법륜이 새겨진 와당으로 탁본한 후 낙관하였다. 그림의 됨됨이를 떠나 나는 극진한 붓다의 효성을 기리는 사람들의 모습을 통해 오늘의 삼계보도를 표현하고 싶었다.

강마을과 순교터에서의 단상

그루와 마을과 꼬쌈비 성지

"나마스떼, 짜이 이크거프 비지에.안녕하세요. 짜이 한 잔 주세요.

짜빠띠 이크 비지에.짜빠띠도 한 개 주세요."

현지 가이드에게 배운 말로 이른 아침 동전루뻬을 내고 사 먹는 따끈한 짜이홍차에 우유를 섞은 차와 구수한 짜빠띠밀가루를 빈대떡처럼 만들어 불에 구운 것는 인도 어디에서도 인기다.

머리카락과 수염을 성자처럼 기른 사내가 웃통을 벗은 채 화덕에서 짜빠띠를 구워 집게로 접시에 담아 줄 때까지 우리는 열을 지어 기다렸다. 기다리는 동안 그의 검붉은 나신裸身을 마주하는 것도 이제는 익숙해졌다. 카레에 밥을 비벼 손으로 집어먹는 인도인들의 모습도 이상해 보이지 않는다.

갑작스레 골목길에서 낙타가 나타났다. 곱사등이 휘도록 사탕수수를 싣고 뒤뚱거리

238

며 걸어간다. 일행은 셔터를 누르며 환호성이다. 몇 루삐를 의식한 탓인지 고삐를 잡은 주인은 몇 번이고 포즈를 취하며 낙타를 좌우로 이끈다.

깐뿌르Kanpur를 출발 꼬쌈비Kosambi 성지로 가는 길. 꼬쌈비는 바라나시Varanasi로 가는 갠지스 강과 야무르 강이 합류하는 길목에 있는데 현재의 지명은 꼬쌈Kosam이다.

예전 아난다 비구가 야무르 강에서 배를 타고 건너온 나루터가 있다는 현장을 확인하기 위해 그루와Gruhwa 마을로 들어서자 전형적인 인도 농가의 풍광이 펼쳐진다. 황토벽과 흙으로 구운 벽돌 위에 나무껍질과 짚으로 엮은 지붕들이 오종종 드러나고 사람들은 이방인들을 호기심 어린 눈빛으로 맞이한다.

뛰쳐 나와 구경하는 이와 숨는 이들, 어린 양을 품에 안은 아이, 무료하게 장죽을 늘어뜨리고 있는 노인, 고추를 내놓고 우는 아이, 아기를 안고 업은 아낙들의 시선이 제각각이다. 그 중 푸른 원색의 사리와 분홍빛 원피스를 입은 모녀의 모습이 눈에 들어와 카메라를 들이대자 그만 아낙은 사리를 뒤집어 써버린다. 내 욕심이 그녀를 언짢게 했으니 이를 어쩌랴.

마을 뒤 언덕엔 낡은 힌두 사원이 있고 그 아래로 강이 흐른다. 소녀는 흐르는 강물에 설거지를 하고 한 쌍의 말은 한가로이 물가를 서성인다. 이곳이 예전 불법을 전하던 나루터였단다.

강을 바라보다 말고 순교의 성지로 불리는 꼬쌈비 유적지를 찾아 발길을 돌린다. 황량한 들판을 가로지른다. 지평선이 보이는 들녘에 홀로 솟아 있는 부러진 석주 하나가 우리를 맞아주고 있다. 역시 아쇼까 대왕의 석주다.

◉── 아무르 강의 그루와 마을 | 199×79cm

기록에 의하면 기원전 581년전법 9년 꼬쌈비를 처음 방문한 붓다는 당시 고시따Ghosita 장자가 기증한 고시따라마Ghositarama 절터에 머물렀다. 전법은 고시따 장자 등의 후원을 얻어 활기를 띠었지만 반대로 불행한 사건을 맞게 된 곳이기도 했다.

즉 사소한 계율 문제로 승단이 분열, 이를 지켜본 붓다의 만류에도 불구하고 비구들의 폭력사태가 발생했다. 이에 실망한 붓다는 꼬쌈비를 떠났고, 시민들은 비구들에게 공양을 거부하는 사태로 번졌던 곳이다.

예나 지금이나 인간은 자기 중심적인 동물이다. 종교마저 집단이기주의로부터 자유롭지 않다. 어쩌면 그 이상이다. 전쟁도 불사하니까. 이 점에 대하여 초기경전은 다음과 같이 경계하고 있다.

어떤 사람들은 '이것만이 청정하다'고 고집하면서 다른 가르침은 청정하지 않다고 말한다. 자기가 따르고 있는 것만을 진리라 하면서 서로 다른 진리를 고집하고 있는 것이다. (…) 이러한 논쟁이 수행자들 사이에 일어나면, 이들 가운데에는 이기는 사람이 있고 지는 사람이 있다. 사람들은 이것을 보고 논쟁을 하지 말아야 한다. 논쟁에 이겨도 잠시 칭찬을 받는 것 이외에 아무런 이익도 없기 때문이다. (…) 그런데 그대는 '나야말로 승리를 거두리라'는 생각의 편견을 가지고 사악함을 물리친 사람과 함께 걸어가고 있다지만, 결코 그것으로는 진리에 이르지 못할 것이다.
—『숫타니파타』 '파수라' 편

한편 꼬쌈비는 옛날 번창했던 밤싸국의 수도였는데 당시 고시따라마 절에서 일어난

고싸미 아소카석주에서

2003. 1. 14
호석

●── 꼬쌈비 유적에서 | 22.5×30.5cm

순교의 이야기가 전해온다. 그 순교의 주인공인 쿠주따라Khujjutara 여인은 꼬쌈비 궁 사마와띠 왕비의 하녀였는데 절에 머물던 붓다의 말씀을 듣고 그 자리에서 깨달음을 얻었다.

그 후 그녀는 왕비와 5백 궁녀의 법사가 되어 불법을 펴던 중 사악한 외도들이 궁중에 불을 지르자 피하지 않고 결가부좌로 태연부동泰然不動, 불퇴전의 용맹으로 불법의 불사不死 경지를 실증해 보였다고 한다. 그를 따르는 5백 궁녀 또한 쿠주따라와 함께 순교한 곳이 꼬쌈비 성지이다. —『법구경』고려원, 1991 참조

황량한 절터를 살펴보니 우물터, 승방, 그리고 설법지로 추정되는 벽돌담 층계 틈새엔 무성한 풀만이 새 생명으로 돋아나 있다.

그 들녘에 꽂히는 햇살 아래 현신하는 영혼의 숨결들. 부러진 석주는 그날의 염원과 상처를 함께 보여주고 있는 듯하다. 일행은 탑돌이를 시작했다.

…

성자 쿠주따라여

5백 성중聖衆이여

불길 같은 그대들의 열정을 그리워합니다.

죽음 앞에 초연한 그대들의 미소를 사모합니다.

…

사슴과 함께 듣는 붓다의 법문

싸르나트 녹야원에서

옛적 싸르나트Sarnath 숲속에 두 우두머리 사슴이 각기 사슴 500마리씩을 거느리고 있었다. 그런데 이곳을 통치하던 왕이 한꺼번에 수 마리씩의 사슴을 잡아가자 한 사슴 왕이 왕을 찾아가 조아렸다.

"왕께서 너무 많은 사슴을 사냥하시면 한꺼번에 먹기 어려워 썩게 되고 반찬으로도 쓸 수 없습니다. 그러니 저희가 사슴을 한 마리씩 매일 바치면 신선한 사슴을 드실 수 있고 저희의 생명도 연장될 것입니다."

이리하여 사슴들은 순서를 정해 매일 한 마리씩 목숨을 내놓게 되었는데 어느 날 새끼를 밴 사슴 차례가 되자 그 사슴은 사슴 왕데바녹왕을 찾아가 "제가 죽으면 제 뱃속의 새끼도 함께 죽습니다. 비록 이번이 저의 차례이오나 뱃속의 새끼는 죽을 차례가 아니지 않습니까" 하고 애원했다.

하지만 소용이 없었다. 그래서 또 다른 사슴 왕보살녹왕을 찾아가 사정하였더니 사슴 왕은 크게 감동하며 "오, 이것이 어미의 자비심이로구나. 어미의 은혜가 뱃속의 새끼에게까지 미치고 있다니. 내가 오늘 너 대신 목숨을 내놓겠노라"고 하며 바라나시 왕을 찾아갔다.

왕은 순서도 아닌 사슴 왕이 스스로 찾아온 사정을 묻고 그 사유를 알게 되었다. "오, 위없는 자비로구나! 너는 비록 사슴으로 태어났지만 사람보다 더 훌륭하다. 하지만 나는 사람의 행색으로 너희보다 자비심이 없었음을 깨달았노라." 이리하여 이후로는 왕이 사슴 사냥이나 사슴 제물을 멀리하여 동산에서 사슴들이 행복하게 뛰놀 수 있게 되었다.

―『인도와 네팔의 불교성지』, 정각 불광출판사

위의 이야기는 "지성至誠이면 감천感天이요, 자비로운 죽음은 도리어 소생한다"는 아름다운 교훈이다. 이렇듯 싸르나트는 '사슴의 왕'을 뜻하는 명칭인데, 바라나시 북쪽 8km 지점에 위치하는 마을로, 붓다가 깨달음을 얻은 후 첫 설법을 한 곳으로 널리 알려져 있다. 붓다가 예전 자신을 따르던 다섯 수행자에게 마침내 깨달음을 전하기 위해 만났다는 곳에는 짜우칸디Chaukhandi 스뚜빠가 우뚝하니 일명 영불탑迎佛塔이다.

그리고 그 길을 지나 우뚝 솟은 다메크Dhamekh 스뚜빠. 사슴동산으로 부르는 녹야원鹿野苑의 중심이 되는 대탑직경 28.5m, 높이 42m 주변엔 탑돌이가 한창이다. 다메크란 '진리를 본다'는 뜻인데 무명에서 깨어나려는 중생들의 발길로 언제나 만원이다. 순례객은 거의 한국인으로 반갑게 눈인사를 나눈다. 정작 녹야원의 주인이어야 할 사슴은 인간들의 발길로 철망 우리에 갇힌 채 사육되고 있다.

初轉法輪像

◉—— 초전법륜상 | 22 × 30cm

어쨌든 역사적으로 싸르나트는 붓다의 최초 설법지로 불佛, 법法, 승僧 삼보三寶와 함께 최초의 승가僧伽가 형성된 곳으로 불교사적으로 아주 중요한 곳이다. 이에 대한 증거로 맞은편 싸르나트 고고학 박물관 유물은 빛을 발한다.

즉 인도에서 가장 아름다운 불상 중 하나라는 '초전법륜상初轉法輪像'은 해맑은 청년의 모습으로 법륜을 굴리는 모습說法印인데, 탄력적인 육감에 잔잔한 미소를 머금고 있다. 굽따시대5세기경에 조성된 불상으로 우리 석굴암처럼 작가는 최고의 돌을 볼 줄 아는 안목의 소유자였을 것이다. 특히 불상 하단에 두 마리의 사슴이 제자들과 함께 법문을 듣고 있는 조각은 이곳에서 출토된 것임을 상징적으로 보여준다.

한편 주목해야 할 또 하나의 유물은 현재 인도 정부의 국장國章으로 쓰고 있는 아쇼까 석주의 사자 머리이다. 4마리의 사자가 사방으로 왕의 권능을 나타내고, 그 밑의 바퀴는 법륜法輪을, 법륜 사이에는 4마리의 짐승코끼리, 흰소, 말, 사자을 조각했는데 모두 붓다와의 인연을 상징한 것이다. 그리고 그 아래 돌기둥을 받쳐주는 주름치마같이 흘러내린 연화대는 이후 많은 불교조각에 응용되는 초기 문양의 전범이다.

신라의 혜초스님은 이것을 보고 "위에 사자상이 있는 석주당石柱幢은 다섯 아름이나 되며, 거기에 새긴 무늬가 매우 아름다웠다"『왕오천축국전』고 회고했다.

마침내 이곳에서 행해진 붓다의 최초 설법을 『전법륜경轉法輪經』에서 전하고 있다.

"세상에는 두 개의 치우친 길이 있다. 수행자는 그 어느 쪽에 기울어져도 안 된다. 하나는 관능이 이끄는 대로 욕망과 쾌락에 빠지는 일인데, 이것은 천하고 저속하며 어리석고도 무익하다. 또 하나는 자기 자신을 괴롭히는 일에 열중하는 고행인데, 이 또한 괴롭기만 할 뿐 천

사르나트 고고학박물관에서 來龍
혼건

◉── 사자상 │ 15×21cm

사르나트 鹿野苑
癸未 玄石

● —— 싸르나트 녹야원 | 96×58cm

하고 무익하기는 마찬가지다. 수행자들이여, 나는 이 두 개의 치우진 길을 버리고 올바른 길, 중도中道를 깨쳤노라. 이 중도에 의해서 통찰과 인식을 얻었고, 평안과 깨달음과 눈뜸, 그리고 열반에 이르렀노라."

'중도의 길'을 설파한 붓다의 설법은 오늘의 삶에 있어 얼마나 절실한가. 아니 하루를 살아도 집착과 고뇌에서 벗어나 진정성을 알게 함이 아닌가. 이 같은 진리의 샘터, 녹야원 주변엔 오늘날 미얀마, 스리랑카, 중국 절과 티베트 사원이 들어섰고 자이나교 사원까지 보인다. 길을 떠나기 전 다시 다메크 대탑 주변을 돌아보는데 벽돌 사이로 수많은 불상조각과 문양들이 세월의 잔영을 머금고 햇살에 반짝인다.

어느새 사슴들이 철망 너머 숲 아래 서성이고 새떼들이 무리를 지어 허공을 날아간다. 이 순간, 진리의 빛 아래 온 세상은 안녕하다.

깨달음의 빛과 화장세계

보드가야 대탑, 보리수 아래서

보드가야Bodhgaya의 깔짜끄라Kalchakra, 티베트 불교행사 주간을 알리는 야경사진이 현지 신문의 머릿기사로 실렸다THE TIMES OF INDIA, 2003. 1. 15. 현란하게 불을 밝힌 대탑은 세상의 어둠을 밝히는 등대처럼 찬연하다. 그 빛을 떠올리며 동이 트자마자 마하보디 사원 Mahabodhi Temple으로 향했다.

사원 길목엔 붉은 승복의 티베트 승려들이 물결을 이루고 있고, 입구엔 수많은 걸인과 좌판 상인들로 인산인해다. 티베트의 다섯 종파 중 한 파의 수장인 깔마빠 스님이 설법한다 하여 그를 친견하려는 행렬이 끝없는데 서양인들의 모습도 많이 눈에 띈다.

중국으로부터 핍박을 받고 망명정부를 꾸려야 했던 티베트의 역사와 운명. 그들의 삶과 달라이라마 생애를 다룬 영화〈쿤둔리틀붓다〉을 몇해 전 아내와 함께 눈물을 흘리며 보았다. 그런데 박해자와는 다르게 이 슬픈 티베트의 삶과 종교를 존중해 주는 오늘의 인도는 넓은 아량을 지녔다고 할 만하다. 사실 힌두교가 중심인 마당에 불교 유적지 보호와 타종교 행사를 크게 보도하고 또 간섭하지 않는 점도 돋보인다. 이점은 힌두교의 특징이기도 하다. 보드가야. 고따마 싯다르타가 마침내 깨달음을 얻은 곳. 가야Gaya에서 네란자라 강을 따라 남쪽으로 11km 정도의 위치에 마하보디 사원의 대탑52m이 있고 싯다르타가 깨달음을 얻은 자리엔 보리수와 금강좌가 놓여 있다.

어느 날 새벽이었다. 생사의 근본인 무명이 소멸되면서 동쪽 하늘에는 샛별이 떠오르고 있었다. 순간 싯다르타는 홀연 깨달음正覺을 이루어 붓다Buddha, 진리를 깨친 사람가 되었다. 그는 형언할 수 없는 법열에 겨워 세상을 향해 외쳤다.

"아! 번뇌는 모두 사라졌다.
번뇌의 흐름도 사라졌다.
이제 더 이상 태어남의 길을 밟지 않으리니,
이것을 번뇌의 마지막이라 말하리라."

오늘날 대탑의 위용과 거대한 보리수는 실제 옛 것은 아니다. 하지만 붓다의 성불지로 진리와 깨달음의 길을 따르려는 승려와 신도들로 물결을 이루고 있다.

거대한 대탑의 장식 중에는 부처 조각상이 많은데 실제 대탑은 힌두 사원의 양식을 수용한 것이라 한다. 즉 기원전 250년경 아쇼가 왕에 의해 건립된 사원은 그 후 많은 변모를 보이다가 무슬림 침공1158년으로 밀림과 흙 속에 파묻혔다. 그리고 최근 1884년 인도 정부

◉── 보드가야 화장계(華藏界) │ 140×196cm

印度 보드가야 寺藏界
柔泉 玄石

의 발굴로 모습을 드러냈고 1953년 '보드가야 사원 경영위원회'가 발족되어 오늘의 모습을 띠게 되었다.

이런 사정을 종합해 보면 대탑보다는 사원 입구에 부러진 아쇼까 석주가 도리어 초기 불교의 유산으로 보인다. 보리수 또한 세월을 거듭하여 수명을 다했으므로 그 손자나무 묘목으로 명을 이어온 것이다. 그런데 지금은 수만 개의 유황 램프에서 발생하는 일산화탄소 때문에 보리수가 서서히 죽어 간다 하니 시급한 대처가 있어야겠다.

행사 물결은 펄럭이는 오색 깃발 아래 뜨거운데 그 찬탄과 찬미는 오체투지의 하심下心으로 귀결된다. 검붉은 승복을 입은 티베트 승려들의 저 열렬한 신심信心을 무엇으로 형용하랴. 아예 물병을 몇 통씩 곁에 두고 널빤지 위에 손가락지를 낀 채 행사기간 내내 온 몸을 던지는 티베트 스님들의 모습을 보니 왠지 눈시울이 뜨겁다. 무엇이 저토록 간절한가. 국토를 잃은 겨레의 애환은 저들의 기도로 다시 씌어질 것이다.

한편 보리수 아래의 불족석佛足石은 붓다가 깨달음을 얻은 후 첫발을 내디딘 곳을 기념하여 새겨 놓은 것이다. 그 대각大覺을 이룬 현장, 붓다의 발자취를 찾아온 혜초스님은 감격에 겨워 이렇게 노래했다.

마하보리사를 이 이역 만리가 멀다 하지 않고 왔노라!
이제 저 까시에 있는 녹야원을 어찌 멀다 하리오?
단지 걸린 길들이 험한 것이 근심일 뿐,
가고자 하는 내 뜻은 바람에 휘날린 적이 없노라.
아~ 아~ 팔성지의 스뚜빠는 정말 보기 어렵구나.

◉── 오체투지 하는 승려

이미 겁탈당하고 불타버려 온전한 모습이 없네.

어찌 계림(신라)에서 온 이 사람의 바램이

다 성취되기를 바랄 것이랴마는

지금 내 눈에 보이는 이 모습이

그대로 부처님 모습이 아니겠누!

—도올 김용옥 역

비록 오늘의 대탑은 힌두의 양식을 반영한 것이라고는 하나 이미 보드가야의 상징이자 세계 유산이 된 만큼 미래에는 불교 문화유산으로 더욱 존숭받을 것이 자명하다. 모든 대상은 현재적 의미를 통해 되살려지고 그 가치가 존중되며 새로운 역사로 자리매김 되기 때문이다.

이렇듯 생각을 여미고 보니 대탑은 하늘을 찌르고 우주의 정기를 하나로 모아내는 상징물로 우뚝하다. 나는 대탑과 보리수를 바라보며 마음속으로 빌었다. 기도에 대한 실천의 삶을 떠올리며. 그 작은 깨달음이 도래할 그날이 언제인지, 오늘도 기다림 속에 먹을 갈고 붓을 든다.

임이시여, 이제 꽃을 받으소서

고행림과 수자따 사원에서

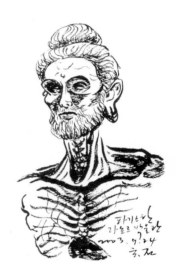

"내 이 자리에서 무상無上의 큰 지혜를 얻지 않으면 이 몸이
다 마르고 부서지더라도 결단코 가부좌를 풀지 않으리라!"
—방광대장엄경

지난 날 파키스탄 간다라 기행2003. 9. 23—9. 29을 강행한 나는 수많은 불상과 간다라 불
교 유산에 새롭게 심취했다. 그 한 주의 여정이 마치 전생여행인 양 아련하고도 꿈만 같았
다. 간다라는 또 다른 불교의 고향이요, 인류 최고, 최대 불상의 보고寶庫였으니.

　나는 그 중 단 하나의 불상에 마음이 끌려 길을 떠났다. 바로 라호르 박물관의 '싯다르
타 태자 고행상'이다.

　냉방이 되지 않은 박물관에서 뻘뻘 땀을 흘리며 고행상을 향해 붓을 들어야 했던 나는

끝없는 참회와 외경畏敬으로 몸서리쳤다. 그토록 그리운 임은 너무도 참혹한 모습이었으니….

싯다르타 태자의 6년 고행을 그린 작품으로 서기 2세기에 제작되어 간다라의 시르카에서 출토된 고행상은 누구든 보는 이로 하여금 깊은 감동에 젖어들게 한다. 찬탄이 아닌 외경으로 전율케 하는 고행상은 실제 붓다가 되기 위한 수행의 총체적 상징이요, 고행의 표상으로 일찍이 인류 정신사의 최고봉으로 떠올랐다.

오랜 단식으로 움푹 파인 배와 앙상한 갈비뼈, 그 가슴 위로 드러난 핏줄과 목뼈의 참혹함, 해골처럼 움푹 들어간 눈망울 속에서도 번득이는 눈빛, 가죽만 남은 뺨과 덥수룩한 수염은 결코 왕자였던 싯다르타의 모습으로는 상상하기 어렵다. 그러나 초인적인 수도를 통해 대오大悟를 다지려는 듯 굳은 의지로 결가부좌한 모습은 모두를 숨죽이게 한다. 예수가 인류의 죄를 대신하여 십자가를 진 모습이나 싯다르타가 깨달음을 위해 가부좌를 튼 저 모습은 다르지 않을 것이다.

지난 시간 보드가야 대탑이 빛을 발하던 장엄에서 발길을 돌려 네란자라 강을 건너간다. 고행림이라 부르는 숲속 사원으로 길이 이어지는데 새카만 아이들이 벌떼처럼 몰려들어 손을 내민다. 유독 한국인에게 아이들이 끈질기게 따라붙는다며 제발 동정하지 말아달라고 라젠 싱은 인상을 찌푸린다. 구걸하는 자국인 때문에 그의 자존심이 상한 것이다.

고행림으로 불리는 거대한 보리수 숲속 사원은 늙은 수행자들로 가득하다. 모두 초췌한 모습이라 일행들의 동정을 샀다. 나는 그 숲속에서 도판으로 보았던 '싯다르타 태자 고행상'을 떠올렸다. 이곳 어디선가 나무그늘 아래서 강기슭을 바라보며 깨달음을 향해 용맹정진하는 그 분의 뒷모습이 그리워서였다.

◉── 보드가야 고행림에서 | 45×30cm

그때 그 시절, 나날이 야위어가고 생명의 불길이 꺼져갈 무렵, 선정에 잠긴 싯다르타의 눈앞에 천녀天女들이 나타나 노래를 불렀다.

"리라악기의 선을 너무 팽팽히 당기지 말라.
선을 너무 팽팽히 당기면 그 선은 끊어지게 될지도 모를 일.
그렇다고 선을 너무 느슨하게 하지도 말라.
너무 느슨하면 노랫소리는 울려나지 않으려니…"

이 천녀의 노래에 감읍한 싯다르타는 단식을 중단하고 네란자나 강에 이르러 우르빌라 지방 성주의 딸 수자따Sujata로부터 유미죽꿀과 우유를 섞어 만든 음식을 공양 받고 회생하게 된다.

"아! 진리의 사도여, 구원의 사문이시여, 이제 저희의 꽃을 받으소서."

내가 찾는 수자따는 수행에 만신창이가 된 육신을 거두어 주면서도 감격해 마지않는 여인. 임의 뜻과 의지를 간파한 보살의 손길이자 자비의 화신으로 그려진다. 그 자비의 화신을 어디서 새롭게 만날까. 수자따 사원으로 불리는 우루벨라 마을을 찾아가자 조그만 사원엔 고행상을 닮은 불상 앞에 두 여인이 공양을 올리고 흰소 한 마리가 앉아 있다. 두 여인은 이른바 수자따 자매라는 설로 전해지고 흰소는 힌두교의 영향으로 보인다.

옹기종기 짚단으로 쌓아놓은 농촌 풍광이 눈길을 사로잡는데 예까지 줄곧 따라오는

──── 수자따 마을의 소녀와 아이들 | 90×40cm

아이들을 나는 어찌해 볼 도리가 없다. 그 들녘에는 아이를 안은 아낙과 소년 소녀들이 진
을 치듯 둘러앉았는데 바라보기 어렵게 처참한 몰골이다. 저들이 '불가촉 천민'의 아이들
이란 말인가. 저 가난을 어찌하랴. 저 쓸쓸한 어린 추억을 어찌 감당하며 살아갈 수 있으
랴. 하지만 내가 할 수 있는 일은 매달리는 그들을 뿌리치고 돌아서는 냉정한 이별뿐이다.

　　그 갈등의 틈바구니 속에서 간신히 빠져 나오는데 제법 옷을 잘 차려입고 물통을 든 처
녀와 우연히 마주쳤다. 순간 사경에 이른 싯다르타에게 생명을 불어넣어 준 수자따가 떠오
르는 게 아닌가. 그녀의 물통에서 저 가난한 이웃들에게 베풀 지혜와 자비의 유미죽이 끓

263

임없이 솟아나왔으면 하고 소망해 본다.

어느덧 고행림을 되돌아보자 먼 숲속에 한 수행자가 고독을 벗 삼아 앉아 있다. 가까이 다가가 보면 그 분은 분명 라호르 박물관에서 만난 고행상의 모습으로 가부좌를 틀고 앉아 있을 것만 같다.

고행산에 핀 지구촌 사랑

전정각산과 수자따 아카데미

인간은 황량한 산이나 벌판과 마주치면 순수해진다. 모세가 신의 계시를 받은 시나이 산과 그 주변의 돌산 풍경은 황량하기 그지없었다. 예수가 40일 동안 기도를 했던 사막지방과 홀로 악마의 시험을 받았다는 여리고의 산도 그랬고, 부처가 6년간의 고행을 끝내고 올랐다는 전정각산前正覺山도 그랬다. 모두 물 한 모금 얻기 힘든 열악한 돌산, 사막이었다.

―이지상

전정각산.

단식하던 싯다르타가 수자따의 공양으로 육신을 추스린 후 이를 오해한 다섯 비구와 헤어져 홀로 올랐다는 황량한 바위산. 붓다가 정각正覺을 이루기 전에 머무른 산이라 하여 이름 지어진 전정각산. 현지에서는 '마하깔라 산'이라고 부른다.

印度 보드가야 前正覺山 癸未 玄石

◉── 보드가야 전정각산 | 45×30.5cm

그 산을 찾아가는 길목은 열악한 삶의 무늬로 하여 슬프다. 초기 불교 유적지가 밀집돼 있는 비하르주가 유독 가난한 까닭은 무엇일까. 싯다르타가 올랐다는 험난한 돌산, 전정각산을 오르면서 느끼는 감회는 남다르다. 그래서일까. 산 속 붓다의 그림자가 드리웠다는 유영굴留影窟의 불상이 새삼 고뇌에 차 있는 느낌이다. 현재는 주변에 티베트 사원이 건립되어 붉은 승복 행렬로 장엄되기도 한다.

산을 내려오면서 다시 맞닥뜨리는 빈곤과 기아. 그러나 그 가난을 물리치기 위한 '유미죽'이 있어 조금은 마음이 놓인다. '수자따 아카데미Sujata Academy'. 지구촌 사랑을 실천하는 학교이다. 전정각산을 마주 보며 가난하고 병든 이들에게 삶의 의욕과 희망을 보게 하는 사랑의 전당은 한국 제이티에스JTS라는 민간기구에서 운영한다. JTSJoin Together Society는 어려운 이웃을 돕고자 하는 따뜻한 마음을 가진 사람들이 서로 만나, 각자가 가진 것을 내어 놓고 인종, 종교, 민족, 남녀, 사상, 이념에 관계없이 작은 힘이나마 함께 모아 뜻을 나누고자 하는 모임이다.

1993년에 건립된 수자따 아카데미는 '마을개발과 교육, 의료사업'을 병행하는데 '배고픈 이에게는 밥을, 아픈 이에게는 치료를'이라는 목적으로 출발한 이후 점진적으로 그 뜻을 넓혀가고 있다. 1,200평의 학교 부지에 초·중등 과정과 기술학교를 운영한다. 훈련된 현지인과 한국의 자원봉사자들이 교사를 맡고 있다. 또 인근 16개 마을에 14개의 유치원Sujata pre-school을 설치하여 1천여 명이 넘는 어린이들을 대상으로 취학전 교육을 실시하며 마을 개발, 의료사업, 여성 취업 교육 등을 실시하고 있다. 또한 수자따 아카데미를 졸업한 청년들의 경제적 독립을 위해 개원한 기술고등학교Sujata Techical school는 3년 과정으로 건축, 전기기계, 의료, 농업, 가정과 등으로 현장 실습과 이론을 함께 가르친다고 한다.

SUJATA ACADEMY

오전 7시부터 밤 9시까지 14시간 이상 휴일도 없이 자원봉사 한다는 최태숙38세 씨. 5개월째 이곳에 머물고 있다는 그녀는 일에 파묻혀 지내다가도 동포들의 방문에 큰 힘을 얻고 보람을 느끼지만 헤어질 때면 진한 향수로 일행을 따라나서고 싶다고도 했다. 모두들 진한 감동에 주머니를 털어 갸륵한 뜻을 격려한다. 고행산에 피어난 지구촌 사랑을 확인하는 순간의 희열이다.

정성을 다해 지은 교실과 실습실을 돌아보다가 한국 JTS가 발행한 '우리가 함께 여는 아름다운 세상' 이라는 팜플렛을 얻었다.

이런 세상을 이루고자 합니다

저희들은 이런 고통이 없는 세상을 이루고자 합니다.

배고파도 먹을 수 없고

아파도 치료받을 수 없고

배울 만한 나이의 어린이들이 제때에 배울 수 없는

기아, 질병, 문맹의 고통이 없는 세상

불구자라고 차별받는 신체 장애의 고통이 없는 세상

가뭄이나 홍수, 지진, 무더위나 강추위 등으로 고통을 겪는

자연재해의 두려움이 없는 세상

여자라고 존중받지 못하는 그런 남녀 차별이 없는 세상

피부가 붉다고 피부가 검다고 천대받는 인종 차별이 없는 세상

◉── 전정각산과 수자따 아카데미 | 58×98cm

저희들은 우리 시대 우리 사회의 가지가지 이런 고통이 없는 세상을

이루고자 합니다.

그래서 살아 있는 것만으로도 너무나 기쁘고

살아 있는 것만으로도 감사할 줄 아는 사람

태양을 보고도 달을 보고도 별빛을 보고도

한 그루의 나무를 보고도

오늘 한 그릇 밥을 먹을 수 있고

편히 쉴 수 있는 것에 감사하고

이렇게 작은 정성이 모여 큰 사랑의 물결,

베푸는 기쁨으로 충만될 수 있는 이 길에

더더욱 감사할 수 있는 사람

그런 사람들이 살아가는 세상, 그런 아름다운 세상을 이루고자 합니다.

낯선 외국인만 보면 뛰어가 한 푼의 동전을 구걸하던 아이들이 배우기 위해 학교로 모여들고, 불치의 병을 앓던 이들이 회생되어 집으로 돌아갈 수 있는 지구촌의 성지, 수자따 아카데미. 이곳은 그 옛날 사경을 헤매던 싯다르타를 구해준 수자따의 자비정신이 되살아나고 있는 곳이다.

몇몇 한국 자원봉사자들과 작별 인사를 나누고 길을 떠나려니 그들은 우리가 사라질 때까지 손을 흔들어 준다. 아, 하늘 아래 가장 어여쁘고 거룩한 손. 자비의 화신이여. 그대, 아름다운 영혼들이여!

붓다의 발자국과 최초의 절터

가야산과 죽림정사에서

보드가야에서 이제 가야Gaya로 가는 길. 전정각산前正覺山 건너편 쪽으로 가다 보면 두 개의 봉우리를 가진 산이 우뚝하다. 코끼리 형상을 닮았다는 상두산象頭山이다. 그러나 한편 우리에겐 가야산伽倻山으로 불리는 또 하나의 이름에 더 정이 간다.

'합천 가야산 해인사'를 떠올리며 이른 아침 산을 오른다. 안개 속 산길은 마치 천상계天上界인 양 바위가 떠다니고 숲은 허공에서 어른거린다. 안내자의 뒤만 따라 정상에 오르자 힌두 형식으로 붓다상을 모신 옆 바위에 커다란 불족佛足이 새겨져 있다.

이 가야산 불족은 여러 가지 문양으로 새겨졌는데 24개의 살을 가진 법륜은 하루 24시간을 의미한다고 한다. 그리고 특별히 주목할 것은 세 마리의 음각 잉어다. 우리에게 영향을 끼친 것으로 추측되는데, 김해지역의 '가야' 지명과 김수로왕릉에 그려진 물고기 형상이 바로 그것이다. '가야불교의 초전初傳'을 꼼꼼히 살펴보아야 할 의미를 지닌다고 하

◉── 가야산의 불족(佛足) | 41×35.5cm

겠다.

한편 그 옛날 붓다가 제자들과 왕사성을 향해 가던 중 이곳을 지나며 타오르는 불길을 보고 설했다는 '상두산 설법'은 예수가 갈릴리 호숫가 산 위에서 설교한 산상수훈山上垂訓에 비견할 경우로 회자되고 있다.

"온갖 망상이 부싯돌을 쳐 어리석음의 검은 연기가 피어오른다. 비구들이여, 모든 것은 타고 있다. 눈이 타고 있다. 눈에 비치는 형상이 타고 있다. 그 형상을 인식하는 생각도 타고 있다. 눈으로 보아 생기는 즐거움도 괴로움도 모두 타고 있다.

그것은 무엇으로 인해 타고 있는가?

탐욕의 불, 노여움의 불, 어리석음의 불로 인해 타고 있다. 또한 태어남과 늙음과 병듦과 죽음의 번뇌로 인해 모든 것이 타고 있다…."

결국 타오르는 욕망과 애착을 끊어야 한다는 붓다의 설법이 바람 속에 들려오는데, 산 주변을 둘러보니 곳곳에 중생의 염원을 담은 수많은 돌탑들이 눈에 띈다.

스님이 내게 물었다.

"이 화백, 세상에서 가장 높은 탑이 어떤 탑인지 알아요."

"네 스님, 경주 남산 용장사지 3층 석탑 말씀이십니까?"

"오, 용케도 아시누만. 기단부를 바위산에 의지한 것은 탑의 상승감과 함께 산 아래 땅속까지 그 뿌리를 내리고 있는 셈이지요."

"스님, 저는 국보나 보물로 정한 탑보다 가장 좋아하고 뜻 깊게 느끼는 탑이 있습니다."

"참 궁금하네요, 무엇인가요."

"네 스님, 만인들이 쌓은 돌무더기로 아랫돌이 무너지지 않게 조심조심 올려쌓은 저 돌탑들입니다. 형상이 모두 다른 조형미며, 남의 소망을 배려하는 마음이 깃든 돌탑이 세상에서 가장 아름다운 탑으로 여겨집니다."

"나무마하반야바라밀, 동감입니다."

◉ —— 죽림정사에서 | 15 × 22cm

이내와 물안개에 젖은 몸은 가야산의 인연으로 한껏 부푼 마음이 되어 길을 재촉하니 라즈기르Rajgir. 王舍城로 가는 길이다. 초가로 지은 가옥과 무너진 집터, 한적한 농지에 백로 한 쌍이 사선을 그리며 허공을 날아간다.

마침내 왕사성에 이르는 길목을 험한 돌산을 끼고 돌아가는데 교통수단으로 쓰이는 마차들이 진풍경을 이루고 있다. 꽃마차의 장식은 대단한 볼거리로 현란한 지붕 장식과 갖가지 형상이 눈길을 끈다. 꽃마차 행렬은 옛 왕사성의 분위기를 돋우고, 왕사성 유적지엔 당시의 마차 자국이 있다. 바위산에 고랑처럼 판 마차 길은 분명 '역사의 화석'이다. 한편 가로수 보호대는 둥글게 적벽돌로 엇쌓고 흰 칠로 띠를 둘렀다. 사정인즉, 바람이 통하게 하고 가축과 말들로부터 나무를 보호하기 위한 것이란다.

서둘러 목적지인 교단의 최초 승원터였다는 죽림정사竹林精舍를 찾아가자 무성한 대숲길이 이어진다. 이 터가 붓다의 생존 당시 불법을 숭상한 빔비사라 왕에게 까란다Karanda 장자라 불리우는 한 부호가 기증한 재물로 건립한 절이다.

원래 이곳 죽림정사는 아치형의 입구를 지나서 숲의 왼쪽 부분, 스뚜빠 혹은 승원터로서 추정되는 언덕에 조성되었을 것으로 추측되나 현재는 이슬람 교도의 무덤만 보인다. 대나무는 아주 마디가 짧고 멀리서 보면 한 그루처럼 촘촘히 모여서 군집을 이룬 것이 특이하다. 이 대숲을 지나면 이곳 정사를 기증한 장자의 이름을 딴 까란다 연못이 조성되어 있다.

일행들이 탑돌이 하듯 연못을 돌며 발원의 시간을 가지는 사이, 화첩을 펼치고 먹을 갈아 붓을 들었다.

연못 속에 흰구름 흘러가고

염불은 허공 속에 피는 꽃!

대숲바람 묵향墨香에 실려 오네.

염화미소와 불법의 꽃씨

영축산과 칠엽굴을 오르며

한국의 양산 영축산 통도사. 그 산 이름이 유래한 왕사성 라즈기르의 영축산독수리 봉우리 이름을 딴 산 가는 길은 깨달음의 노래를 들으러 가는 길이다.

영축산에 머물던 붓다께서 설법 도중 대중들에게 한 송이 꽃을 들어 보이자 모두들 어리둥절했다. 그러나 그때 유일하게 마하가섭만은 그 뜻에 응화應化, 빙그레 웃음지었다고 한다. 이른바 '염화미소' 이다.

마침내 붓다의 부촉附囑이 있었으니, "여래에게 정법안장正法眼藏 열반묘심涅槃妙心이 있으니 이를 마하가섭에게 전하노라" 하셨다. 비로소 영산회상곡은 산천으로, 삼천대천세계로 울려 퍼졌다. 그리고 우리는 지금 그 노래를 듣고 있다.

사생을 위해 살펴보는 산봉우리는 어김없이 독수리 형상을 띠었고 두 날개를 펼친 형

277

靈鷲山
玄石

국도 산 이름에 걸맞다. 정상엔 설법좌, 즉 여래향실如來香室의 기단부를 복원1903년했고 이곳에서 출토된 붓다상 및 기타 유물은 나란다 박물관에서 소장하고 있다.

무엇보다 붓다가 영축산에서 설한 『법화경』의 「견보탑품」 중 내가 주목하는 내용은, 경을 설하는 붓다 앞에 다보여래의 탑이 솟아올랐다는 것과, 또 경을 설하고 계신 붓다를 탑으로 묘사하여 '석가탑'이라 명한 대목이다. 이는 경주 불국사의 다보탑과 석가탑의 유래를 알게 함은 물론 불국사 뜨락의 이형탑 조성의 명백한 진원을 밝히게 된다.

하산 길에 산봉우리 아래 굴이 사리불 존자가 수행했다는 곳이라는 말에 다급히 화첩을 펴는데, 사진엽서를 파는 아이들이 여간 성가신 게 아니다. 그들은 처음부터 나를 구매객으로 점찍어 두었는지 끝내 사진집을 팔고서야 길을 열어 주었다.

빔비싸라 왕이 그의 아들 아자따싸뜨루에게 왕위를 찬탈 당하고 영축산을 바라보며 죽어간 감옥터를 찾아간다. 따지마할을 지은 샤 자한이 아들에 의해 아그라 성에 유폐되어 죽어갔듯이 빔비싸라 왕도 그렇게 죽어갔다. 예나 지금이나 권력의 세계는 허망하다.

감옥터에서 올려다 보이는 칠보산과 영축산 능선에는 자이나교 사원과 일본 사원이 우뚝 솟아 있다. 모두 보란 듯이 산정상을 차지한 사원에 비해 한국의 가람은 사실 얼마나 소박한가. 오로지 산을 둥지로 삼아 숨겨진 알터에서 조용히 향을 사르니 자연에 대한 감수성이 이렇게 다르다.

온천지로 유명한 데바닷따 석실을 향해 가자 온천 뒤쪽에 옛날 박깔리라 불린 비구가 스스로 목숨을 끊어 불과佛果를 증득했다는 바위가 있다. 그의 몸에서 흘린 피가 붉게 물들

◉ —— 영축산 | 62.5×93.5cm

사리불존자의 동굴—스케치

었다는 '피로 얼룩진 바위'를 지나 '따뽀다 나디Tapoda Nadi' 온천 및 '삐빨라 석실Pippala stone house'에서 바라보는 왕사성의 전망은 일망무제, 장엄의 극치다.

길을 이어 산을 오르는데 맨발의 소년과 강아지가 길라잡이 되어 앞서서 뛰어 오른다. 또 산길에서 마주친 나무 짐을 가득 머리에 인 여인은 거친 손마디에도 온갖 장식과 화려한 색감의 옷을 걸쳤는데 그녀 역시 맨발의 청춘(?)이다.

목적지는 칠엽굴七葉窟. 반 시간여 땀을 씻으며 또 산을 오르자 두 개의 자이나교 사원이 나타나고 조금 비탈길을 내려가자 사진에서 본 칠엽굴이 마침내 모습을 드러낸다.

이곳은 붓다 입멸 6개월 후, 마하가섭이 500명의 비구를 모아 붓다가 설한 경經과 율律

을 집대성한 최초의 경전결집 장소라고 한다. 즉 불법의 꽃씨를 심은 뜨락이요, 그 꽃을 피운 다음 꽃씨가 천지로 날아가게 한 불전佛典의 진원지이다.

예전에는 이곳 동굴 앞에 수백 명의 비구들이 모여 앉을 수 있는 넓은 회랑이 있었다고 하나 오늘의 현장은 그리 넓어 보이지 않는다. 그동안 깊고 넓었던 동굴은 풍화작용으로 많이 무너져 내렸다고 한다. 즉 1939년 인도 고고학국에서 동굴을 실측했을 때만 해도 6개의 동굴이 남아 있었고, 동굴 앞 공간은 36.57×10.36m길이×넓이나 되었다고 한다. 동굴에서 뒤돌아보자 깎여 나간 암반이 벼랑처럼 가파르고 시야는 아득히 허공을 비껴난다.

오늘은 이른 새벽부터 진종일 가야산과 영축산, 그리고 칠엽굴을 찾아 산을 오르내렸다. 땅거미 짙어지자 피곤이 몰려온다. 하지만 마음은 가뿐하다.

산길을 돌아서는데 일몰의 붉은 해와 둥글고 흰 낮달이 동서로 조응하며 옛 왕사성 하늘 위에 떠 있다. 잠시 과거와 현재가 하나로, 세월의 강물이 멈추어 선 것 같다.

●── 칠엽굴 | 45×30cm

최초, 최대 불교대학의 유적

날란다 대학 터에서

진정한 첨단은 고전과 통하고, 현대성도
전통 위에서 창달해야 함을 느끼게 하는 날란
다Nalanda 대학 터, 그 폐허 위의 두 사람.

"이 화백, 이쪽으로 올라와 사방을 둘러보세요. 저 무너진 기둥 위 감실龕室 공간에 모
셔진 부처님을 상상해 한번 그려 보세요. 중앙의 스뚜빠 형식 불단을 중심으로 사방으로
통하는 모서리마다 불보살을 모셨어요. 탑돌이 하듯 돌면서 참배할 수 있는 건축 형식이
참으로 놀랍지 않나요?"

"네 스님, 그리고 보니 좁은 공간을 최대한 활용, 효율적인 가람의 형태를 갖춘 모델이
일찍이 이곳에 있었네요."

날란다 대학 터에서 | 45×30.5cm

나란다 (NALANDA) 대학 터에서
2003. 1.18 玄石 [印] [印]

'발명'이 기존의 것에 대한 도전이라면, '발견'은 오래 전부터 존재했지만 미처 보지 못했던 가치를 찾아내는 지혜가 아닐까.

"다음에는 꼭 건축가를 모시고 함께 보면서 이곳 사원에 대한 설계와 실용미에 대해 상세히 얘기를 나누고 싶군요."

"네, 스님. 어떤 현대성을 띤 사찰보다도 아름답고 공간미가 살아나는 가람을 상상하게 합니다. 상당히 응용할 가치가 많을 것 같습니다."

5세기경 세계 최초, 최대의 불교대학이었다는 날란다 대학 터는 빠뜨나Patna의 남동쪽 90km, 라즈기르Rajgir의 북쪽 11km에 위치하며 바르가온Bargaon 마을 가까이에 있다. 세로 5km, 가로 11km에 이르는 거대한 유적지로 그 옛날 현장법사가 이곳에 머물 당시 1만 명의 학승과 1천5백 명의 교수가 있었다니 가히 세계 최대의 대학이었을 것이다.

이른 아침 안개에 휩싸인 날란다 유적은 검붉은 벽돌의 생채기와 폐허의 광경으로 말미암아 마치 타임머신을 타고 먼 과거로 온 듯한 느낌에 사로잡히게 한다. 우리 신라의 고승 혜업惠業, 현태玄太, 현각玄恪, 아리야발마阿離耶跋摩 스님들이 이곳에서 공부하며 뼈를 묻었다는 기록『대당서역 구법 고승전』도 있다.

눈썹이 유난히 짙고 골격이 큰 미쉬라 씨52세, 날란다 대학 유적가이드의 안내를 받으며 살펴보는 11개의 승원 터와 14개의 사원 터는 다양한 용도와 독특한 양식으로 눈길을 끈다.

불상을 모신 불단과 스님들의 주거 공간, 우물과 빨래터, 주방과 목욕탕, 그리고 토의와 설법을 위한 터가 눈길을 끈다. 또 승방마다 창문과 함께 감실이 발견되는 것은 늘 수행과 참배가 함께 이루어진 생활공간이었음을 짐작하게 한다.

　예전 현장스님의 생애를 기록한 혜립慧立 스님에 의하면 "이 건물들의 용마루나 대들보는 일곱 가지 색깔의 동물무늬로 장식되어 있어 두공枓栱은 오채五彩, 기둥은 붉게 단청되어 갖가지 조각을 새겼으며, 초석은 옥玉으로 되어 여러 모양이 아름답게 새겨져 있었다"고 전하는 바, 당시는 아주 화려했을 것 같다. 하지만 오늘은 무너지고 불탄 흔적의 벽돌 속에서 세월의 무상만을 느낄 뿐이다. 그런데 순간, 쏜살같이 한눈에 들어오는 초록의 생명, 그것은 벽돌 틈에 솟아난 민들레였다. 오, 틀림없이 우리 산과 들에 피어나는 민들레가 아닌가. 대학과 인걸은 자취 없어도 혼불들은 저 민들레 꽃씨처럼 불광佛光이 되어 세계로 날아갔을 것이다. 어쩌면 오늘 우리도 그 혼불에 이끌려 이곳에 온 것인지도 모르겠다.

　『인도의 발견』을 쓴 네루 수상은 그의 저서에서 "그 당시 날란다에 유학했다는 것은 교양의 증명서였다. 특정한 기준에 도달한 사람들에게만 입학이 허용되었기 때문에 날란다에 들어가기는 쉽지 않았다. 그 대학은 졸업 후의 연구를 전문으로 하였으며, 중국·일본·티베트·한국·몽고 등지에서 학승들이 모여 들었다. 인도 문화의 해외 보급은 대개 날란다 출신 학자들의 업적이었다"고 했다. 당시 종교를 떠나 날란다는 최고 명문대학의 권위로 자리했음을 살필 수 있다.

　하지만 달도 차면 기우는 법. 날란다의 번영과 권위는 영원한 것이 아니었다.

　당시의 하르샤 왕도 스스로를 '날란다 승원 스님들의 종'으로 자처하며 스님들에게 예우를 다했고, 마을과 농장에서 거둬들이는 세금을 공양으로 받음으로써 탁발하지 않고 모두들 공부에만 전념할 수 있었다. 하지만 그것이 독이었을지도 모르겠다. 사원의 번영과 스님들의 우월적 지위는 부작용을 낳았을 것이다. 명문대학 출신임을 내세우며 행세하려

하는 등의 사회적인 폐해도 초래했을 것이다.

한편 기록상 붓다도 이전에 이곳에 머물렀다고 하며, 붓다의 제자 목갈라나Moggalana, 目連 비구와 사리뿟따Sariputta, 舍利弗 비구의 출생지이자 아쇼까 대왕기원전 250년경도 이곳에다 석주와 사원을 건립했다고 한다.

날란다 대학은 굽따왕조5세기 때 건립, 7세기경에 이르러서는 세계 최대 대학으로 발돋움하였고, 중국의 현장玄奘, 의정義淨, 현조玄照 그리고 티베트 불교의 창시자 상따라끄쉬따, 빠드마삼바바 스님들이 모두 이곳 출신이다.

무엇보다도 대승불교의 사상적 모태로서 자리했던 날란다 대학은 8세기 이후 딴뜨라Tantra, 밀교사상로 이어졌으나 1199년 무슬림의 침공으로 철저히 파괴되고 말았다. 일행은 박물관과 현장스님 기념관 앞에서 다시금 굴절된 역사의 교훈을 되새겨야 했다.

지금쯤 날란다에 핀 민들레는 마침내 꽃씨가 되어 사방에 흩어지겠지. 그리하여 또다시 미지의 세상을 향해 날아가겠지.

◉ —— 날란다 대학 터의 민들레 | 23×38cm

생명의 길과 진리의 빛

빠뜨나 풍광과 바이샬리 스뚜빠

언제 보아도 비하르Bihar 주의 처절한 빈곤은 때 아닌 눈보라처럼 가슴 시리다. 나팔소리에 차창 밖을 내다보자 꽃 장식 들것에 주검이 실려 간다. 그 뒤를 유족들이 따르고 있다. 그런데 슬픈 표정은커녕 주머니에 손을 찌르고 웅성대며 따라가는 모습이 실로 가관이다.

통행세를 내라고 흰 띠를 도로 양쪽 가로수에 묶어 두고 두 팔로 길을 막아서는 사람들, 곡예하듯 차에 매달리고 물건처럼 차 지붕에 포개진 채 실려 가는 사람들, 때로 눈길이 마주친 여인들은 사리로 얼굴을 가려버리기도 한다. 그러고 나면 한동안 내 눈길은 망연해진다.

한편 무너진 담장에 걸쳐놓은 현란한 색채의 빨래나 트랙터에 노오란 꽃을 장식하고 힘차게 일터로 향하는 모습을 보기도 한다. 각양 각색의 생활 풍토, 인도 삶의 만다라가 펼쳐진다.

파트나 (Patna) 박물관에서
2003. 1. 18
호정

◉── 빠뜨나 박물관 소장 유물들

　장터를 방불케 하는 정류장 주변은 마차와 노점상, 걸인과 차량으로 뒤범벅인데 여전히 등뼈가 솟은 소들만은 유유하다. 그런데 이게 웬일인가. 한 무리의 낙타들이 갑작스레 나타나 도로를 점령하니 모두들 차에서 내려 갑작스런 볼거리에 한동안 신이 난다.

　다시 일행을 태운 차는 빠뜨나 박물관에 정차한다. 선사유물과 함께 온갖 동물들을 박제로 만들어 전시하고 있어 소장품들을 화첩에 담아본다. 그런데 무장군인이 지키는 붓다의 '진신사리'를 전시한 방은 개인당 100루삐를 지불하고서야 문이 열린다. 델리 박물관 이후 2번째 진신사리 배견이다.

291

파르나
호르가는
길

◉—— 빠뜨나 가는 길 | 94×41.5cm

사리 보관함은 스뚜빠 돔 형식이다. 그 발상과 이미지가 매우 신선하다. 그리고 사방 벽에는 붓다의 생애를 새긴 아주 우수한 부조들이 걸려 있다. 이곳 사리는 바이샬리Vaisali에서 가져온 것인데 현재 출토지역바이샬리 박물관에서 반환요구를 해 와 더욱 경계가 삼엄하다는 후문이다.

빠뜨나 박물관을 떠나 갠지스 강의 마하뜨마 간디 다리를 넘어선다. 저무는 대지를 한참 달린 끝에 아쇼까 호텔에 도착했다. 바이샬리는 갠지스 강을 건너 하지뿌르Hajipur의 북서쪽 32km 지점에 해당하는데, 예전부터 북인도 일대의 교통, 문화, 경제의 중심지로 발달한 곳이다. 붓다 입멸 후 약 100년경, 계율에 관한 새 해석을 놓고서 행해진 제2차 경전결집의 무대가 된 곳이기도 하다. 또한 재가불교의 태두라 할 유마거사가 등장한 무대이자 기녀妓女 암라빨리Amrapali가 망고나무 동산을 붓다와 제자들에 공양한 곳이기도 하다.

이튿날 아침, 여전히 짙은 안개 속을 걸어서 제2결집 장소였다는 꾸마라하Kumraha 연못을 찾아가자 부러진 석주만이 희미한 옛 기억을 간직하고 있을 뿐이다.

다시 숙소로 돌아와 아침을 먹고 바이샬리 박물관으로 가는 길목. 모닝커피 대신 따끈한 짜이로 모처럼 여유를 즐겨본다. 어둡고 눅눅한 나무집에서 아궁이 화덕에 빛바랜 용기로 차를 끓여 따라주는 노파의 손길. 말 한마디 통하지 않지만 따스한 인정은 억겁의 연緣이다. 그녀 이마의 점도 붉고, 치렁치렁한 팔찌도 붉고, 그 마음도 붉다.

바이샬리 박물관의 소장품은 거의 인근 스뚜빠에서 출토된 유물들이라고 한다. 그런데 오늘, 우리에게 '사리'는 진정 무엇인가? 붓다의 색신을 대신하는 진리의 상징이라는 의미를 헤아리지 못한다면 한갓 눈요기에 지나지 않을 것이다. 어쨌든 붓다 입멸 후 8등분

●── 바이샬리 스뚜빠 | 18.5×24.5cm

된 사리를 분배받은 당시 바이샬리의 릿차비 족은 이곳에 사리를 모시고 스뚜빠를 세웠다. 그러나 그 후 파손된 상태로 방치되다가 1958년에야 발굴된 사리 터가 오늘 찾은 레릭Relic 스뚜빠이다.

잘 정비된 도로 끝으로 스뚜빠 돔이 한눈에 들어온다. 어제 본 빠뜨나 박물관의 사리 장치가 떠오른다. 가까이 다가가서 보니 거대한 스뚜빠는 발굴 현장을 그대로 노출시켜 놓았다. 이중 구조의 원형으로 벽돌쌓기를 했고 양편은 ㄷ자로 돌출한 형태에 중앙은 깊은 홈으로 파였는데 아마도 그곳에 사리함이 묻혔을 것이다. 이곳을 발굴한 알테카르A.S. Altekar에 의하면 발굴 당시 이곳 스뚜빠의 기단부에서는 붓다의 유골이 아닌 유회遺灰 사리가 발견되었다고 전한다. 일행들이 스뚜빠를 돌며 탑돌이를 하는 틈을 타 화첩을 펼치는데 담장 입구 쪽에서 손짓하는 이가 있다.

"이 화백, 이리 와 봐요. 정말로 멋진 담장 구경하세요. 그리고 꼭 그려가세요."

철심으로 만든 투각의 울타리는 자세히 보니 모두 스뚜빠 형식으로 연결되어 있다. 그 병렬된 투각의 형상과 이미지는 스뚜빠 지붕선과 함께 매우 잘 조화된 조형미를 보여주고 있다.

나는 이 멋진 울타리 앞에서 한국의 문화유산을 떠올리지 않을 수 없었다. 우리는 왜 우리 고유의 문양을 토대로 한 양식의 담장을 개발할 수는 없는 것일까. 이젠 우리의 탑과 부도 주위에도 '접근금지'라는 살벌한 경고문을 붙인 쇠붙이 울타리가 아니라 이 경우처럼 내용에 걸맞는 형식을 찾아야 할 때가 되지 않았을까. 불현듯 두고 온 고국 산천의 유적들이 꿈결처럼 떠올라 구름처럼 흘러간다.

우리 시대의 유마를 찾아서

유마거사 집터와 아쇼까 석주

"부처님처럼 살아가야 합니다."

차에서 졸고 가는 일행들을 깨우기 위해 '인도 기행'을 통해 느낀 바를 한마디씩 얘기하자는 스님의 제안에 한 어른이 하신 말씀이다. 조용한 어조로 흔히 듣는 말을 했을 뿐인데, 내게는 벼락같은 충격으로 다가온다. 그동안 나는 수없이 그런 말을 들어왔다. 하지만 그야말로 '말'로 들은 것일 뿐이었다. 그러나 지금 그 말을 하는 어른의 음성에서 왜 충격을 받았을까. 믿음 혹은 확신, 바로 그것이다. 노인의 음성에는 바로 그것이 실려 있었다.

일찍이 송광사 구산선사의 문하에서 수행하며 평생 보살행을 실천해 오신 달공達空 조홍식 박사님82세, 불문학 전공. 대낮에 기원의 등불을 켜고 유마의 집을 찾아 가는 길. 우리는 오늘 한국의 유마거사와 함께 옛 유마의 집을 찾아간다.

"일체 중생이 앓고 있으므로 나도 앓고 있습니다. 그러므로 만일 일체 중생의 병이 사라지면 내 병도 사라질 것입니다."

─유마거사

"보살 유마거사처럼, 그의 스승이신 부처님처럼 살아가야 한다"는 조 박사님의 말씀은 곧 이 시대가 가야 할 길이다. 어려운 문제일수록 정답은 가까이에 있는 법인데, 우리는 너무 먼 곳에서 찾고 있거나 고개를 돌리고 있다.

망고 동산을 붓다께 기증했다는 기녀妓女 암라빨리 집터 주변을 유마거사의 집터로 짐작하고 찾아갈 뿐 그 어떤 표식도, 안내판도 없다. 마치 쇠똥 페스티벌이 열린 양 눈에 띄는 것이라곤 온통 쇠똥이다. 어느 것은 벽돌을 찍은 듯하고 또 어떤 건 떡을 썰어놓은 듯한데, 마치 곡물처럼 차곡차곡 쌓여 있다. 그리고 길목마다 무성한 노거수는 가는 줄기에서 또 뿌리가 뻗어 내리는데 그 허공 속에서 천지를 장악하고 있는 것 같다.

마침내 유마의 집터로 알려진 마을을 찾았다. 소박하면서도 정갈한 마을, 가난하다기보다는 자연 속에 스며들어 있다는 표현에 어울릴 마을이다. 대나무와 볏짚을 이용해 깔때기처럼 엮은 창고, 빗살로 벽을 둘린 초가지붕, 그 위에 빈대떡 같은 쇠똥 땔감. 아직도 원시의 삶을 이어가고 있다. 습하고 일교차가 심한 지역이어선지 소들이 모두 거적을 쓴 채 여물을 먹고 있다. 문명의 흔적이라곤 녹슨 수동 펌프 하나가 유일하다.

마을 사람들이 우루루 몰려온다. 어여쁜 소녀들이 수줍어하며 우리를 반긴다. 소녀들의 해맑은 웃음이 화려한 색상의 옷과 잘 어울린다.

"이렇게 마을 구경이나 할 게 아니라 다음 순례객을 위해 '유마거사 집터 팻말'이라도

◉ —— 바이샬리의 소녀들 | 64×92cm

하나 마련해 놓아야 하지 않겠소. 우리 함께 논의해 보기로 하십시다."

달공거사, 조 박사님의 말씀에 모두들 박수로 동의한다.

오후 일정은 인도에서 유일하고도 완벽하게 남은 아쇼까 석주와 스뚜빠를 찾아가는 일이다. 인도 국장이 사자상인 만큼 그 원형을 만난다는 기대는 이완된 호기심의 근육을 다시 긴장시킨다.

꼴후아Kolhua 마을에 위치한 석주와 스뚜빠는 매우 거대하고 건장하다. 현장스님은 "아쇼까 왕이 세운 스뚜빠가 있는데 옆에는 돌기둥이 있다. 높이가 50—60척인데 위에는 사자상이 놓여 있다"고 기록하고 있다.

석주의 높이는 6.6m로 보존 상태는 완벽에 가깝다. 지형상 세존께서 행하신 마지막 설법을 기념하기 위해 세운 것으로 보인다. 주변엔 현재 발굴이 진행중인 유적들이 즐비한데, 붓다께서 머물며 『화엄경』의 「입법계품」을 설했던 곳이 또한 이곳 중각강당重閣講堂으로 추정된다.

그리고 또 빼놓을 수 없는 곳은 기록으로만 전하는 원숭이 연못Markatahra-da-tire. 원숭이 떼들이 붓다에게 꿀 공양을 바쳤다는 연못은 돌사자상 석주 바로 뒤쪽 연못인 것 같다. 그 연못에 거대한 망고나무 한 그루가 그림자를 드리우고 있다. 옛 사연을 알기는 할까.

스뚜빠 제단엔 붉은 천에 노란 꽃을 꿴 두 개의 목걸이가 바쳐져 있고 벽돌 틈새마다 향이 꽂혀 있다. 그리고 손때 묻은 몇 장의 루삐가 돌멩이에 눌린 채 바람에 팔랑거린다. 어느새 몰려들었는지 나를 둘러싸고 있는 수많은 아이들. 별난 구경이나 되는지 화첩과 스뚜빠를 번갈아 손짓하며 깔깔거린다. 아예 자리를 깔고 먹을 갈며 물감까지 펼쳐놓은 내 행동을 보고는, 일행 모두가 오늘 나에게 유마가 되어준다. 따가운 햇볕 속에서 염송과 탑돌이를 지속해 준 배려로 나는 현장에서 그림을 완성할 수 있었으니….

바이샬리
아쇼카석주
2003. 1. 19 玄岩

◉── 바이샬리 아쇼까 석주 | 45×30.5cm

붓다의 뒷모습과 어린 천사들
바이샬리의 빛과 바람 속에서

인도의 여정은 충격과 비애의 연속이다. 그 빈곤과 질병의 현장이었던 역, 정거장, 시장, 도심 뒷골목. 그러나 농촌의 삶은 그나마 안심이 된다.

간디는 말한다.

"촌락이 망하면 인도 또한 망하게 된다. 그때 인도는 살아남지 못하게 된다. (…) 내가 반대하는 것은 기계 그 자체가 아니라 기계에 대한 광신이다. 이른바 노동을 절약하게 하는 기계에 대한 광신이다. 사람들이 계속 '노동을 절약'하다 보면 많은 사람들은 일하지 못하고 큰 길에 버려져 굶어 죽게 될 것이다. (…) 국토 상에 인구 압박이 큰 나라의 경제와 문명은 그런 압박이 가장 작은 나라 경제와 문명과는 다른 것이 정상이다. 인구가 듬성듬성한 아메리카는 기계를 필요로 할지 모르지만 인도는 전혀 기계를 필요로 하지 않는다. 수백만 수천만의 할 일 없는 노동집단이 있는 곳에 노동을 절약할 기계를 생각한다는 것은 아무 소용이 없다."
—『간디평전』, 곽영두 옮김

산업사회에 비추어 보면 간디의 발언이 지나치게 들릴지 모르지만, 오늘날 인도의 현실을 보면 아직도 유효한 말이다. 혜안을 가진 자의 시대 투시 능력이다. 그의 말을 결코 반문명 상태의 지속으로 곡해하면 곤란하다. 그는 모든 사람이 더불어 자연과 공존하는 방식을 말하고 있는 것이다. 산업문명이 극도로 발달한 나라들을 보라. 대량 실업은 필연이지 않은가. 그 실업자들을 일하는 사람들의 세금으로 먹여 살린다. 그런데 그보다 더 나쁜 경우는 아예 '감옥'으로 격리시켜 놓고 먹여 살리는 것이다. 이것이 고도로 발달한 문명사회가 낳은 쌍둥이 중 못난 놈의 초상이다. 어쩌면 간디의 말은 산업사회에 더 필요한 말일지도 모른다. 물론 적용 방식은 달라야 하겠지만.

바이샬리 아쇼까 석주와 스뚜빠를 지나 연못 뒤편으로 난 길을 따라가자 한적한 농가로 접어든다. 그런데 지금껏 만난 어느 마을보다도 정겨운 풍광이 펼쳐진다. 인도 농가의 전형을 보는 것 같다.

야자수와 망고나무로 둘린 마을의 정경은 마치 인류의 고향처럼 느껴진다. 소, 염소, 양, 닭들이 마당에 오종종하고 흙벽돌과 나무로 지은 가옥들이 너무도 소박하다. 또 동물들의 피해를 막기 위해 알이 든 닭장은 높이 매달아 두었는데 아프리카 여행 때 보았던 것과 유사하다.

◉── 바이샬리 벨루바 마을 · 스케치

그런데 바람결에 들려오는 한 영혼의 목소리가 있었으니….

"아난다야, 등창이 났는지 등허리가 아프구나. 여기서 잠시 쉬어가는 것이 어떻겠느냐."

바이샬리 근교 벨루바Beluva 마을에서 마지막 안거를 한 붓다가 꾸시나가르열반지로 가던 도중 이곳에 머물며 남긴 말『대반열반경』이다.

그리고 바마세나 까빨라라 언덕에 이르러 힘든 몸을 일으켜 성을 돌아보시고 웃으시며 이렇게 말했다.

"이것이 내가 이 성을 마지막으로 보는 것이다. 이제 떠나면 이 몸으로는 다시 이 성으로 오지 못할 것이다."

열반을 앞둔 붓다의 예언이었다.

지금 우리는 그 인간 붓다의 마지막 뒷모습을 따라가는 중이다. 마을을 빠져 나오자 한눈에 거대한 나무가 들어온다. 그 나무의 뿌리를 감싸주고 있는 자그마한 동산으로 올라갔다.

마치 우리네의 정자나무나 당산나무 같은 그 나무의 허리에는 붉은 천이 감겨 있다. 뭉클한 친화를 느끼며 상상의 나래를 편다. 붓다가 이 길을 지나다가 나무그늘 아래 잠시 머물며 쉬어가시는 광경. 순간, 한국 영화 〈서편제〉의 한 장면이 떠오른다. 당산나무 아래에서의 이별.

들녘을 이윽히 바라보는 붓다. 푸른 밭으로 난 길을 따라 아스라이 펼쳐지는 야자수 숲을 응시하며 생사의 질서와 대자연에 순응하는 붓다의 뒷모습이 영상처럼 펼쳐진다.

기록에 의하면 붓다가 바이샬리를 최초로 방문한 것은 기원전 585년전법 5년. 기근과 전염병으로 위기에 빠진 이곳 밧지족들의 요청을 받고 들렀다. 이때 붓다는 이레 동안 밤낮 마을을 돌며 백성을 구제하는 경을 설하였다. 그리고 붓다가 이곳을 마지막으로 방문한 것은 기원전 545년전법 45년. 마지막 안거를 위해 머물렀다고 전한다. 이곳에서 마지막 안거를 보낸 팔순 노구의 붓다는 중병에 걸려 사경을 헤매다가 회복한 후 3개월 후 꾸시나가르로 가서 열반할 것을 천명한다.

쿠
시
나
가
라

꼴
두
하
마
을

효石

◉── 노거수가 있는 마을 | 87×32cm

"아난다야, 나는 이제 여든 살의 노인. 늙고 쇠하였구나. 마치 낡은 수레가 가죽 끈에 묶여 간신히 굴러가듯 나 또한 간신히 굴러가고 있느니라.

아난다야, 그대들은 자기 자신을 등불 삼고 자기 자신에게 귀의하라. 그리고 법을 등불삼고 그 법에 귀의하라. 그 밖의 무엇에도 의지하지 말라."

붓다가 간 그 길은 지금 꽃길이다. 겨자꽃 흐드러진 노오란 들판이다. 아이들도 그 길을 따라온다. 볼펜과 루뻬를 달라고 조르기도 한다. 그런데 가만히 보니 꼭 무엇을 얻기 보다는 낯선 이방인들을 본 아이들이 재미와 호기심 때문인 것 같다. 내가 뛰면 아이들도 뛰고 내가 걸으면 그들도 천천히 걷는다. 적당한 거리를 유지하고 따라온다.

당시 마을 사람들이 끊임없이 붓다를 따라오자 이별을 위해 신통력을 발휘, 잠시 저 너른 들판을 강으로 변화시켜 길을 막았다는 얘기를 들으며 가는 길. 그 붓다의 길을 따라가는 꽃길에 오늘은 어린 천사들이 줄기차게 따라오고 있다. 청명한 하늘, 산들바람이 옷깃을 스치는데.

구
시
나
가
라

玄
石

깨어나는 만불, 저무는 대평원

께싸리야 스뚜빠의 장엄

어느 길목, 휴식을 위해 차에서 내린 일행들이 약속이나 한듯 어디론가 우르르 몰려간다. 한 노인이 마른 담배 잎을 썰고 있다. 노인은 작두에 잘게 썰린 잎담배를 흰 물감과 같은 액체를 섞은 다음 손바닥에 올려서는 매우 비빈다. 애연가들은 이것을 받아 제 손 안에 넣고 다시 비비더니 입 속으로 탁 털어 넣는다. 피우지 않고 씹는 담배라니, 참 신기하다. 담뱃값은 즉석에서 주고받고.

노인 뒤로는 대나무로 엮은 삐딱한 가게. 안을 들여다보자 금이 간 거울과 나무의자 하나 그리고 몇 가지 세면도구가 늘어져 있다. 소위 이발소다. 그러나 이곳에서도 빠지지 않는 건 신상神像의 모습. 벽을 장식한 원색의 사진은 이곳 또한 신앙생활의 현장임을 알게 한다.

그러나 눈요기는 잠시뿐이다. 이상원 사장실크로드 여행사이 다음 일정을 향해 대기한 지프로 모두 나누어 타라고 한다. 우리 모두는 말 잘 듣는 학생들처럼 과연 굴러갈지가 의심스러운 낡은 지프에 올라탄다.

지프가 줄을 지어 흙먼지를 풀풀 날리며 마을길을 지나자 사람들이 모두 일어선다. 농가의 풍경을 보려 낡은 가죽 커튼을 젖혀 보지만, 워낙 흙먼지가 심해 구멍 난 곳에 눈을 대고 두 시간을 달렸다. 지금껏 수십 번의 성지 순례에 처음으로 찾는, 벼르고 벼른 불교유적이라는 이사장의 기대와 흥분 섞인 이야기. 차는 마침내 황량한 들녘, 우뚝 솟은 적갈색 스뚜빠 앞에서 멈추었다.

바이샬리에서 48km 떨어진 '께싸리야Kesariya 스뚜빠'. 붓다의 열반지인 꾸시나가르로 가는 길에 세워진 스뚜빠는 지금까지 보아온 스뚜빠 중 최대의 것으로, 높이15m와 넓이30m만으로도 장관인데 발굴과 복원공사로 한창 분주하다.

"붓다께서 까삘라 성을 출가하여 첫 스승을 만난 수행처가 아마 이곳이 아닐까 여겨집니다. 또는 붓다께서 열반지로 가기 위해 반세기 만에 다시 들른 곳으로 추정되기도 합니다만…."

스뚜빠는 실로 뛰어난 건축가의 솜씨를 보여준다. 길을 따라 층층을 오르게 했고 사방 둘레에 감실을 두어 수십 기의 불상을 봉안했다. 현재까지 24기의 불상을 발굴했다는데 진품은 모두 박물관으로 가고 부서진 불상과 모조품이 감실에 봉안돼 있다.

이곳 스뚜빠는 큰 지진1934년으로 윗부분이 내려앉았으며 영국인 컨닝햄의 첫 발굴1862년로 세상에 알려지기 시작했다. 그 후 인도 정부에서 1958년에 이르러 발굴을 했는데 당시엔 방감실마다 불상이 있었다고 한다. 기원전의 유물로는 아쇼까 왕기원전 250년경 때의 것으로 짐작되는 것도 있으나 당시는 무불상시대인 만큼 후대에 점진적으로 건축이 이루

◉── 께싸리야 스뚜빠의 장엄 | 67 × 24cm

어지면서 불상이 안치된 것으로 추측된다.

지상으로부터 쌓아올린 벽돌은 중간에 허리띠를 두르듯 변화를 주었는데 마치 배흘림기둥처럼 곡선의 볼륨이 두드러지고, 층마다 배수구인 구멍이 있다. 고도의 건축적 고려로 보인다. 그러나 무엇보다 매력적인 건 스뚜빠 정상에 올랐을 때 사방 천지가 일망무제의 대평원이라는 점이다. 나는 지금 세계의 중심에 서 있다.

햇빛이 마침내 황금빛에서 다홍빛으로 변할 무렵 우리는 다시 지프에 올랐다. 대평원의 일몰이 장엄하다. 그 광경은, 우리가 지금 돌아가야 할 집이 없는 나그네라는 사실을 축복이게 한다. 일행은 다시 차에서 내려 해가 지상에서 완전히 사라질 때까지 망연히 노을을 바라 보았다.

저무는 대평원에서 다시 깨어나는 검은 스뚜빠의 자태. 알 수 없는 기운이 대지를 감싼다. 실로 사람은 어느 때, 어디서, 무엇을 보며 느끼느냐에 따라 다른 세상을 맛본다.

저녁 짓는 연기가 피어오르는 마을을 지난다. 어둠 속에 명멸하는 불빛들 사이로 하루를 온전히 살아낸 이들의 까만 눈동자가 보인다. 나도 따라 편안해진다. 그런데 갑자기 평화가 깨진다. 지프가 갑자기 선 것이다. 지프 조수인 마을 아이가 걸어가는 어린 아이를 태우고 가잔다. 지프엔 이미 틈이 없었지만 맨 뒷자리의 내가 그 아이를 받아 겨우 안았다.

덜컹거리는 비포장도로에 끊임없이 일어나는 먼지. 꼼짝달싹 할 수 없는 자리에서 아이가 떨어질세라 두 손으로 아이 배에 깍지를 낀다. 갈수록 힘이 부쳐 혹시 애를 떨어뜨리면 어쩌나 하는 두려운 생각마저 드는데, 따스하게 배어오는 아이의 체온이라니….

인류애란, 추상적인 것도 거창한 것도 결코 아니다.

모든 현상은 변한다. 게으름 없이 정진하라

붓다 열반당, 다비장에서

"아난다야, 한탄하거나 슬퍼하지 말라. 일찍이 가르쳐 준 바와 같이 사랑하는 사람, 친한 사람과는 헤어지지 않을 수 없다. 태어난 모든 것은 반드시 죽지 않을 수 없다."

근년에는 유난히 많은 선지식들이 열반에 들었다. 그 분들 중에는 지난 시절, 존영尊影을 담을 수 있었던 인연도 있다. 이제 떠나신 후 그 모습을 떠올려 보니 마치 한때의 꿈처럼 아득하다. 그러나 세상 인연은 꿈꾸듯 다시 오는 법. 한 생각 일으켜 무수한 선지식의 길을 거슬러 스승의 그림자를 찾는다. 이른바 석가 세존의 원적圓寂. 그 열반의 현장에 섰다.

"내가 떠난 뒤, 가르침을 말할 스승이 이미 없으니 우리들의 스승이 없다고 생각해서는 안된다. 내가 입적한 뒤에는 내가 설하고 제정한 법과 율이 너희들의 스승이다."

만고의 진리로 수많은 붓다를 길러 낸 인간 붓다의 열반지, 꾸시나가르Kusinagar. 아침 일찍 안개를 헤치고 열반당으로 향한다.

라즈기르왕사성를 떠난 붓다는 날란다를 거쳐 빠뜨나, 그리고 강가 강을 건너 바이샬리의 암라빨리 동산에 이르렀고, 마침내 바이샬리 주변 벨루바 마을에서 최후의 안거를 보냈다.대반열반경 그리고 그 길로 꾸시나가르에 이르기 전 파질나가르Fazilnagar 마을에서 춘다Chunda의 공양을 받고는 심한 통증으로 한층 죽음에 가까워지자 붓다는 아난다에게 다음과 같이 말한다.

> "오늘 아침 금세공 춘다의 집에서 공양한 것이 마지막이 되었으니, 오늘밤 내가 입적하는 것에 대해 춘다가 슬퍼하는 일이 없도록 하라."

이 얼마나 인간적인 배려인가. 그리고는 모든 제자를 불러 모아 간결하게 말한다. 그리고 열반에 들었다.

> "모든 현상은 변한다. 따라서 게으름 없이 정진하라."

어찌 보면 평범하기 짝이 없다. 재림의 기약이나 미래에 대한 예언도 없다. 참으로 무덤덤하다. 하지만 붓다가 남긴 마지막 말은, 세계의 본질을 꿰뚫은 통찰의 언어이자, 그 세계를 온전히 살아낼 비범한 실천을 요구하는 말이다. 더 이상 무슨 말이 필요할까.

한편 춘다에 대한 배려가 지극히 인간적이었다면, 제자들에 대한 배려는 지극히 구도

2003. 1. 20 인도쿠시나가르 석가모니 열반당 홍石

자적이다. 붓다는 자신의 장례에 관하여 "출가 수행승은 일절 장례에 상관 말라"고 했다.

혹시 관행이 될까 봐 그랬을 것이다. 일생을 걸사乞士로 살아야 하는 구도자의 자세가 어떠

해야 하는지를 살피게 한다.

열반당 안의 열반상은 6.1m에 이르는 거대한 금빛 와불이다. 기단부엔 슬픔에 젖은

말리부인말리까과 제자 아난다의 형상, 그리고 중앙에는 열반상을 제작했다는 기록상의 하

리발라 스님상이 새겨져 있다. 5세기경에 조성된 열반상은 모래와 진흙으로 이겨 형상을

●── 열반의 길 | 48×58cm

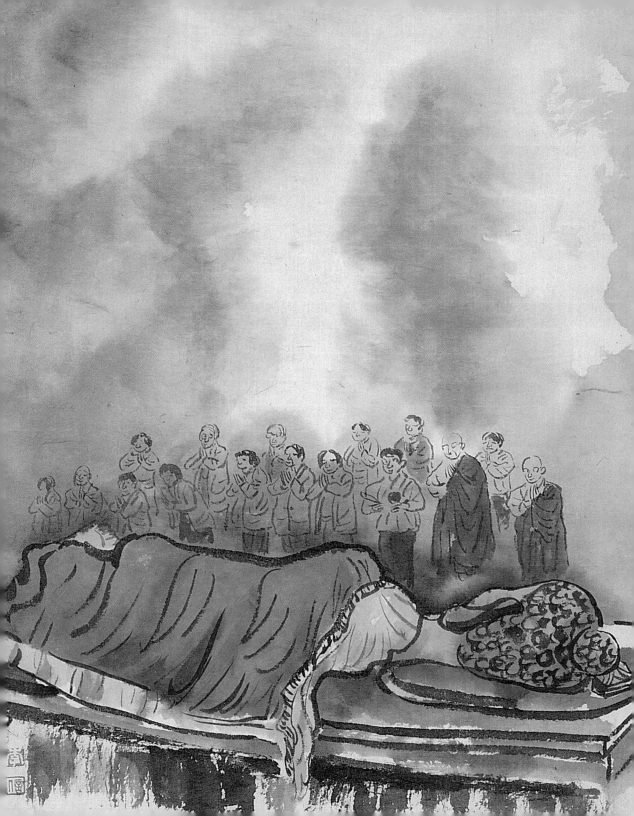

만든 다음 금을 입힌 것이다.

열반당을 나와 인근의 마타꾸아르 사원에서 젊은 날의 고따마 싯다르타 상을 배관하고 나서 조금 떨어진 다비장으로 향한다.

흙벽돌로 쌓은 다비장은 라마브하르Ramabhar 스뚜빠로, 작은 산 같다. 꼭대기에 오르자 드넓은 평원이 펼쳐진다. 또 주변엔 수많은 망고나무가 에워싸고 있어 마치 동산처럼 느껴진다.

스뚜빠 뒤의 인근 사탕수수밭을 헤치고 둔덕을 따라가자 흰 강이 나타난다. 그 옛날 붓다께서 건넜다는 옛 사연을 아는지 모르는지, 목가적인 풍경조차도 다비장을 다시 바라보는 순간 제행무상諸行無常만을 일깨울 뿐이다.

그런데 아까부터 스뚜빠 주변에서 한 티베트 스님이 누구에게도 눈길 한번 주지 않고 홀로 촛불을 밝히고 있다. 한때 한국의 다비장을 찾아 붓을 들었던 나와 저 수행자와는 어떻게 다를까. 만약 같은 것이 있다면 그것은 무엇일까.

마음에 불을 밝히는 일은 오롯이 스스로를 의지하는 일. 산다는 것은 가치 있는 일에 대한 헌신이며 실천임을 다시 깨닫는다.

'모든 현상은 변한다. 게으름 없이 정진하라.'

붓다가 걸어간 '깨침'과 '자비'의 길을 함축한 말이다. 그 두 길은 손바닥의 안팎과 같고, 나는 새의 두 날개와 같다.

'진리는 실천 속에 있다.'

허공에 나투신 천불

사위성 마을을 지나며

라즈기르왕사성의 죽림정사에 머물고 있던 붓다에게 수닷따Sudatta 장자가 찾아와 쉬라바스띠Sravasti, 즉 사위성으로 와 주실 것을 청했다. 붓다는 그의 뜻을 존중했다. 기원정사는 그런 인연으로 건립됐다. 지금 우리는 사위성의 기원정사로 가는 길이다.

그 옛날 붓다가 친히 신통과 기적을 보이셨다는 사위성 길목의 어느 언덕. 현재 오라자드Oraghad라고 부르는 언덕은 발굴되지 않은 스뚜빠 터다. 이곳에 오르면 즐비한 망고나무 숲 위로 기원정사서와 왕사성 마을북이 아스라이 펼쳐진다. 그 망고동산 위로 천 개의 붓다상이 나투었다는 것이다. 천 개 허공 불상의 배경이 됐을 하늘 스크린의 무대는 실로 순례객의 상상을 자극한다.

붓다의 신통이 결코 과시가 아니었다는 것쯤은 상식이다. 정법수호를 위한 방편이었던 바, 또한 자비심의 발로다. 찬다마나라는 여인의 위장 모함임신으로 붓다의 위상이 흔들릴 뻔 했을 때, 데바닷따와 앙굴리마라의 도전을 받았을 때, 부득이 방편으로서 신통을 보였던 것이다.

사위성은 당시 북인도에서도 강력한 군주국가 꼬살라Kosala 국의 수도로서 유물론적 사상과 자이나교가 성행하고 있었다. 따라서 불교가 뿌리내리기 위해서는 새로운 비전이 요구되었다. 이로써 『금강경』, 『원각경』 등 다양한 경전이 설해진 것이다. 이리하여 이곳 사위성과 기원정사는 마침내 교화의 중심지로 발돋움하게 된다.

'천불화현千佛化現'의 현장. 오라자드 언덕에서 동산지기가 드린 망고를 먹고 그 씨를 땅에 심어 순식간 피어오르게 하고, 천상에 천 개의 몸으로 나투는 기적을 보였다는 하늘은 오늘 그지없이 맑고 푸르다.

이 사건은 붓다의 생애 중 매우 중대한 이야기로 형상화되었는데, 초기 불교조각과 벽화로는 아잔따 석굴이 대표적이다. 그 천불의 전래는 한국의 가람으로 불어와 천불전직지사 등을 따로 모셨고, 최근 안성 도피안사 대웅전, 비구니회관 후불탱화도 천불로 장식했다. 모두가 다른 양식이고 제작자의 솜씨에 따라 천불은 그야말로 천태만상이다. 그렇다면 나도 상상해 보지 않을 수 없다. 따라서 나는 돌연 천불화현의 무대가 된 허공 구름을 불러 모아본다. 그리고 갖가지 형상으로 천불의 이미지를 붓질해 본다.

누가 붓다를 보았다 하는가. "나를 보려거든 진리를 보아라" 하였거늘, 결국 나의 만용은 제주 영실 뒷산의 오백나한봉, 영암 월출산의 부처바위를 떠올렸고, 실제 금강산의 만물상과 바다에 뜬 칠성암, 천불암을 그린 겸재 정선1676—1759의 인물형태 구성에 의지

●── 천불화현 | 60×91cm

●── 수닷따 집터와 앙굴리마라 스뚜빠 | 30 × 20.5cm

해 본다.

　사위성 가는 길목, 마을로 들어서자 온통 지뢰밭(?)이다. 오늘은 마른 쇠똥이 아니라 방금 싸 놓은 쇠똥이 지천으로 널렸는데 김이 모락모락 오르는 거대한 쇠똥은 햇살에 반질 반질 윤기마저 더하니 마치 건강한 생명체를 보는 것 같다.

　그런데 그 길섶에서의 충격. 검은 개가 눈이 뒤집힌 채 이를 악다물고 죽은 채 버려져 있다. 또 어제쯤 화장을 했는지 타다 남은 볏단 위에 버려진 대나무 들것과 시든 꽃들이 뒹

◎── 보리수와 사위성 터 | 45×30.5cm

굴고 있다. 가엾은 목숨들이여….

　마을을 지나자 황량한 벌판 곳곳에 발굴 흔적이 눈에 띈다. 옛날 비구니 사찰터로 추정되는 동남문 터 아래는 지표보다 낮다. 동행한 토목공학 전문가는 "이곳 토양이 연약한 지반이라 높은 건축은 무리였을 것이고, 침강·침하의 우려로 지질상 표면보다 낮게 건축되었을 것"이라는 설명인데, 둘러보니 구덩이가 패인 집터가 즐비하다. 한편 완만한 둔덕과 평지로 이루어진 벌판 위로 우뚝 솟은 나무들은 거의 보리수다. 다가설수록 거대한 위용을 보여준다. 화첩을 펼치지 않을 수 없었다.

그림을 그리느라 멀어진 일행을 부지런히 따라가자 모두들 한 벽돌 건축물에 앉아 강의를 듣고 있다. 내용인즉 기원정사를 건립한 수닷따 장자의 원대한 불사를 기리고 있다.

붓다께 정사를 지어 헌공하려는 지극한 정성은 "만일 그 동산을 사려거든 금으로 그 동산을 모조리 덮어보라"는 주인의 말에 따지거나 매달리지 않고 그대로 행했다는 실천의지. 이에 감동한 주인이 마침내 조건 없이 회사한 아름다운 사연. 정녕 지성이면 감천이려니.

그런데 지금 앉은 건축물이 바로 발굴 과정에서 수닷따의 집터로 알려진 곳이다. 또 이곳에서 건너편 언덕 아래에 보이는 건축물은 한때 악마의 화신이었던 앙굴리마라의 스뚜빠라 한다. 그는 악마의 꾐에 빠져 100개의 손가락을 잘라 목걸이로 만들고자 끝내는 어머니에게마저 덤볐으나, 갑자기 나타난 붓다의 설법을 듣고 무릎을 꿇었다는 사연이 바람결에 들려온다.

"벗이여, 죽이려는 사람 앞에 미운 마음도 괴로운 마음도 일으키지 않을 뿐 아니라, 그 죽이려는 사람을 향해 '네가 바로 부처이다' 라고 말하는 것이 바로 보살의 마음이니라."

염원 속에 사르는 전단향

기원정사와 천축사에서

거대한 보리수를 지기知己로 삼고 있는 듯한 수닷따 집터와 앙굴리마라 스뚜빠. 그 언덕 위로 우물터와 연못이 발견된 곳을 둘러본다. 주변은 분주하게 발굴이 진행중이다.

복원은 복고인가. 그렇지 않다. 기필코 되살려야 할 옛 뜻을 오늘의 쓰임에 맞게 재창조하는 일이어야 한다. 못池으로 가두는 것이 아니라 새 물결로 출렁이며 흐르게 하는 일이어야 한다.

자이나교와 힌두 사원을 지나 시야가 툭 트인 외길을 따라가니 드디어 기원정사다. 나는 예불시간 동안 틈을 내 기원정사 구석구석을 돌아다니며 밑그림을 그린다. 화실로 돌아가 지형에 따른 복원도를 그려보기 위해서다. 그런데 때마침 도면을 파는 아이들이 있어 구입했기에 복원도를 그려보고 싶은 생각은 더 간절해진다.

승원터는 붓다께서 24하안거를 지냈다는 꼬쌈바꾸띠Kosambakuti와 당시 7층 규모에

329

◉── 기원정사에서 · 인도 스님

전단향목으로 만든 불상을 모셨다는 간다꾸띠Gandhakuti. 그 향전香殿을 중심으로 형성된 정사의 뜰은 매우 계획적이다. 그 규모가 남북 457m, 동서 152m에 이른다.

넓은 뜰에선 거대한 아난다의 보리수와 두 개의 탑이 눈길을 끈다. 그런데 왜 아난다 보리수일까. 사연인즉, 아난다는 붓다께서 우기雨期에만 머무시는 것이 안타까웠다. 그래서 그는 붓다께 성도하신 보드가야의 보리수 어린 묘목을 가져다 심기를 청했다. 이를 허락하자 제자 목갈라야나목련존자의 신통으로 이곳에 뿌리를 내리게 되었다는 것이다.

앞서 법현스님407년은 기원정사의 분위기를 이렇게 묘사했다. "정사精舍 안의 지류池流는 청정하고 수풀은 무성하여 갖가지 꽃들은 울연히 피어 가관이니, 여기가 이른바 기원

330

정사이다." 또한 스님은 동문 좌우에 높이 70여 척21m에 이르는 2개의 아쇼까 석주가 세워졌는데 우측에 소, 좌측에는 법륜형상이 새겨져 있었다고 전한다. 이후 현장스님의 순례 637년 때까지 여러 차례의 화재 속에서도 불타지 않고 건재했다는 전단향목으로 만든 불상마저도 오늘은 찾을 길 없다.

승방 주변에는 노랑, 주황색 승복을 입은 인도 스님들이 서성이고 있다. 기후 차에 민감한지 모두 털모자를 썼는데 동자승도 함께 보인다. 그런데 현지 스님 중에는 카스트의 굴레를 벗어나려는 일종의 가짜 승려가 있어 문제라는 것이다. 승복만 걸치고 이곳 순례객들에게 생활비를 벌어 우기에는 집으로 돌아가 버리는 대처승이 많다는 것이다. 사실인지 풍문인지는 확인할 길이 없다. 마침내 승원 터에 오른 송암스님도피안사 주지의 집전 아래 모두가 참배에 임하니, 가는 구름도 머물고 지저귀던 새들도 숨을 죽인 듯하다. 예불송의 뜨거운 기운이 온 누리로 번진다. 지금껏 이토록 절절한 기도의 전율에 휩싸여 본 적이 얼마나 있었던가.

결국 기원정사의 밑그림을 포기한 나는 합장한 이들의 뒷모습을 화첩에 담기 시작한다. 그리고 어둠 속에 달이 떠오를 때까지 끊임없이 지속되는 염원의 광경을 화폭에 담고 싶어졌다.

"수닷따 장자여, 위대한 자비 보살이여, 여기 모인 우리는 그대 뜻을 따르리라. 새 인연으로 다시 전단향을 사르리라."

모두들 상기된 마음으로 정문을 나와서는 기원정사 주변에 세운 한국 절, 천축사로 간다. 길 주변엔 스리랑카, 태국, 일본 절들이 보이고 천축사와 마주한 곳에는 티베트 절이 한창 신축을 서두르고 있다.

대인大忍 스님이 반갑게 맞아주고 오랜만에 처마 아래의 풍경소리를 듣는다. 청량하고도 맑은 소리는 단아하면서도 수행자의 기품이 밴 스님 모습과 잘 어울린다. 집에는 사는 이의 향기가 배는 까닭일까. 법당은 물론 요사채의 방도 깨끗하다.

스님은 무엇보다 현지 스님을 길러내기 위한 인재 양성을 최우선 목표로 한다고 한다. 언어와 풍습이 다른 한국 스님보다는 인도 스님을 통해 불교 발상지의 정통성과 자긍심을 고취시키는 일이 인도의 삶과 문화를 위해서도 중요하다는 것이다. 결국 종교란 '진정한 삶의 가치를 깨닫고, 그 실천을 위해 의지하는 것'이라고 볼 때 스님의 방편은 참으로 바람직해 보인다. 남은 생을 마칠 때까지 이곳 불사에 전념하리라는 스님의 맹서는 인도 전역을 세 차례나 배낭여행한 끝에 얻은 결론이란다.

문득, 강원도 오대산 월정사의 푸른 달밤, 팔각구층석탑 앞에 조아린 '일체중생 희견보살상一切衆生憙見菩薩像'이 떠오른다. 석탑 앞에 지그시 눈을 감고 탑을 향해 공양을 올리는 보살은 무려 1200년 동안이나 몸과 팔을 태우는 소신燒身 공양으로 마침내 무수한 중생을 제도하는 약왕보살藥王菩薩이 되었다 한다. 비가 오나 눈보라를 맞으나 일체 중생을 위해 온 몸을 사르는 자비의 보살은 아직도 그 자리를 떠나지 않고 있다.

스님은 일행이 떠나기에 앞서 방문 기념으로 방명록을 펼쳐 전하므로 나는 이렇게 썼다.

'佛流花開 — 불류화개'
불법은 흐르고 꽃은 피네.

●── 염원 · 기원정사에서 | 38.5×58cm

국경 너머 붓다의 고향으로

까삘라 성터와 네팔의 룸비니

이제 붓다의 고향으로 가는 길이다. 육신의 백골은 삭았으나 혼백이 서린 진신 사리가 출토된 곳. 수십일 전 델리 박물관에서 본 붓다의 사리 용기가 발굴된 삐쁘라하와Piprahawa 승원터를 찾았다. 이곳은 붓다의 탄생지인 룸비니로 가는 길목에 있다.

1898년, 승원터의 스뚜빠를 발굴했을 때 사리 용기엔 "이것은 싸꺄족의 붓다 세존의 사리 용기로서, 그의 형제자매와 처자들이 모신 것이다"라고 브라흐미 문자로 씌어져 있었다. 아마도 세존 입멸 후 8등분한 사리 중 싸꺄족에게 할당된 사리를 모신 것으로 추정된다.

망고 숲을 울타리로 삼고 있는 승원터는 넓고도 시원하다. 들녘에서 불어오는 훈풍을 맞으며 더없이 푸른 하늘을 바라본다. 눈을 내리니 대지는 초록으로 물결친다. 그 물결, 마음속으로 들어와 다시 솟구치며 무슨 소리를 내는 것만 같다.

●── 삐쁘라하와 유적지 | 46×64cm

피
로
라
하
와
에
서

호石

◉── 국경의 밤 | 45×31cm

　순례를 겸한 산책 코스는 인근의 간와리아Ganwaria 유적지다. 이곳은 궁성터로 붓다의 조국 까삘바스뚜Kapilvastu가 당시 강대국인 꼬살라Koshala에 멸망한 후 유민들이 남쪽으로 내려와 정착한 곳으로 추정되는 곳이다. 그런데 국경 너머 네팔 땅에도 까삘바스뚜가 있으니 사실상 두 개의 까삘라 성이 존재하는 셈이다. 국경과 유적 발굴을 놓고 시시비비가 있을 법한데 이에 대한 논란은 들어본 적이 없다. 오늘은 그 중 인도 땅의 까삘라 성터에 인연이 닿았다.

　사방으로 난 성문터에 정교하기 이를 데 없는 벽돌 구조물. 당시의 건축과 생활 가옥을 살펴본다. 문외한의 눈에도 아주 중요한 유적으로 느껴진다. 어느 방에 정반왕이 앉았고 마야부인의 그림자가 있었을까. 아기 싯다르타의 숨소리와 씩씩한 청년이 되어 활시위를 당기던 곳은 어디쯤일까.

"푸드덕!" 후투티 한 마리가 성터에서 솟아오른다. 내 상상의 날갯짓도 시공을 초월한다.

차는 이제 국경을 향해 달린다. 불조佛祖의 탄생지로 가는 길이다. 따라서 이 길은 붓다의 생모, 마야부인의 품으로 가는 길이기도 하다. 마야부인을 떠올리며 '여성은 위대하다'고 박원자작가 선생과 정담을 나누며 가는데 땔나무와 사탕수수를 머리에 이고 가는 여인들의 뒷모습이 노을빛에 젖어 있다.

강을 건너 국경에 도착한 시간이 6시 15분. 벌써 사위는 어두워지기 시작하는데 수속이 복잡한 듯 차는 미동도 않는다. 그런데 무장한 군인과 장대바리게이트라는 말도 안 어울린다 하나만 걸쳐놓은 국경의 풍경은 실로 낭만적이다. 장대 뿌리 쪽에는 무거운 돌을 달아매었고 끝은 가로수에 줄로 묶여 있다. 줄만 풀면 국경이 열리는 셈이다.

백미러엔 그새 불어난 통관 대기차량이 즐비하다. 하늘엔 이미 조각달이 걸려 있다. 그런데 갑자기 붉은 승복을 입은 베트남 비구니 스님잠빠(Jampa)이 차에 오르지 않는가. 사정인즉 룸비니행 차편을 놓쳐 같은 방향이면 태워달라는 것이다. 마침 내 옆자리가 비어 있어 스스럼없이 권하였다. 나이30세보다 훨씬 해맑은 눈빛을 지닌 스님은 의과대학 출신으로 달라이라마를 스승으로 모시고 수행중이라 한다. 지나온 기행 화첩을 보여주자 매우 반색한다. 언어의 장벽은 순식간에 사라진다. 잠시지만 낯선 국경인도-네팔 앞에서 국가를 초월한 만남에 고무되어 엽서에다 스님 모습을 그려드렸다.

그런데 이어 송암스님께서도 적지 않은 보시금을 만행길 노자로 쓰시라고 전하는 게 아닌가.

"한국은 베트남에 진 빚이 많습니다. 그 빚이 무엇인지 우리가 항시 잊지 말아야 할 것입니다."

서늘한 국경의 밤, 어둠을 헤쳐 룸비니의 한국 사원 대성 석가사에 이르렀다. 오늘 밤 우리가 머물 곳이다. 법신法信 스님이 두 손을 모은 채 웃음 띤 얼굴로 우리를 맞아준다. 룸비니를 찾는 순례자들이 으레 석가사를 찾을 수밖에 없는 까닭은 한국 절이어서가 아니다. 스님의 수행과 원력, 즉 10년 넘게 불사를 지속해 온 불방일不放逸을 찬탄하지 않을 수 없기 때문이다.

아직도 진행중인 건물은 룸비니 지역의 일교차가 심한 기후 관계로 콘크리트 건축물이지만 양식은 한옥의 이미지를 구현하려고 한단다. 이에 스님은 절을 짓기 위해 설계를 배우고 직접 가마를 설치, 기와를 구워 왔다고 한다. 공사 감독에다 연일 순례자들을 안내하는 등 일에 치여 살면서도 활달한 유머감각을 잃지 않고 있다. 대단한 친화력이다.

늦은 밤잠에 쉬이 온 새벽, 지난밤에 제대로 보지 못한 도량을 살펴보니 그야말로 '어마어마' 하다. 도대체 저 거대한 불사가 한 스님의 발원으로 시작되었단 말인가. 다시 살아난 한국의 수닷따 장자! 법신스님.

아침 식사 후 차를 타려는데 잿빛 승복의 두 분 스님이 다가온다. 자현慈賢, 등운騰雲 스님이 아니신가. 수년 전 부석사 전경을 그릴 때 봉황산을 함께 타며 다담茶談을 나누었던 그날의 인연이 룸비니로 이어지다니…. 어쩌면 오늘의 해후는 모두 '또 다른 고향'을 찾아 떠난 나그네들의 만남이 아닌가도 싶다.

　　인도 대륙을 횡단, 네팔 국경을 넘어 룸비니의 한국 절대성 석가사에 오자 모두들 고향에 온 듯 회생의 눈빛이 역력하다. 그동안 지칠 대로 지쳤기 때문이기도 하지만 역시 생기를 돋우는 건 '밥'이다. 법신스님의 환대 속에 된장국과 김치를 먹을 수 있으니 순례객의 거친 입맛은 생기를 얻고, 장기간의 피로도 거짓말처럼 풀린다.

　　그런데 스님은 반대로 철저히 인도식으로 산다. 현지 인부들 때문일까. 순례자들에게는 한국 음식을 제공하고 스님은 짜빠띠와 인도 카레 한 접시를 남몰래 2층 난간에서 손으로 드시는 것을 나는 목격했다. 가슴 뭉클해진다. 이 엄청난 불사가 현지에 적응하려는 스님의 비상한 노력 때문에 가능했을 거라는 생각이 든다.

　　법신스님을 길라잡이로 여러 지역에서 온 순례자들은 버스를 나누어 타고 룸비니 주변 불교 유적 탐방에 나선다. 차에서 내리자 망고, 보리수나무가 당산나무처럼 서 있는 마을 어귀다. 순례자들을 따라오는 마을 아이들의 긴 행렬이 소풍 가는 장면처럼 정답다.

　　먼저 옛 석가족의 나라로 알려진 띨라우라꼬르Tilaurakor 마을의 까삘바스뚜, 즉 인도와 또 다른 까삘라 성터를 찾았다. 아침 안개가 물러가면서 왕궁터로서의 위용이 서서히 드러난다. 진정 이곳이 싯다르타 태자가 29세 때까지 성장한 곳이며 사문유관四門遊觀을 통해 깨침을 구하던 현장이란 말인가.

　　비구들이여, 나는 행복했고 티끌만큼의 괴로움도 몰랐지만 이런 생각이 들었다. 어리석은 범부는 스스로 늙어가면서 남이 늙는 것만 보고 자신의 일은 잊은 채 그 늙음을 혐오한다.

● — 아기 안은 네팔 소녀 | 64×94cm

자신 또한 늙어가는 몸이다. 아직 늙음에서 벗어날 길을 모르면서 남의 늙음을 혐오해도 되는가? 이는 결코 마땅한 일이 아니다.

비구들이여, 내 생각이 이에 미치자 내 청춘의 교만은 산산이 무너지고 말았다.

—유연경

출가 전 싯다르타 태자의 심정을 떠올리며 논둑길을 따라가자 아버지 정반왕과 어머니 마야부인 무덤 터로 알려진 둥근 스뚜빠 유적이 눈에 들어온다.

길은 마을과 논밭으로 계속 이어지는데 초가와 흙벽돌로 지은 앞마당은 온통 볏짚으로 가득하다. 어느 집은 집채만큼 볏단을 둥글게 쌓아 놓았고 쇠똥도 그득하다. 순박한 눈빛들은 낯선 이방인에 대한 경계와 함께 호기심으로 가득 차 있다. 소년, 소녀들이 아이를 돌보고 있는 것도 인상적이다.

법신스님 말씀에 의하면 이곳 네팔 아이들은 열 살에 약혼, 열다섯이면 결혼하므로 스무 살이 되기 전에 이미 가정을 꾸린단다. 농촌 사정상 5% 정도가 초등학교를 졸업하므로 일 자체를 학교생활로 여길 수밖에 없는 실정이다. 이 가난한 마을 아이들을 위해 스님은 자주 학용품을 선물하고 글과 노래도 가르치는 일을 지속해 오고 있다.

그런데 길을 따르는 아이들 눈빛과 인상은 검은 피부의 인도 아이들에 비해 한층 맑고 싱그럽다. 큰 눈망울을 지닌 검은 머리의 한 소녀는 붉은 옷감으로 자신과 아이를 보자기 싸듯 함께 묶은 채 우리를 졸졸 따라온다. 하지만 이상하게도 이곳 아이들은 손을 내밀거나 루삐를 바라지 않는다.

정다운 마을 정경을 만끽하며 걷고 걸어서 다다른 곳은 꾸단Kudan. 깨달음을 얻은 붓

◉— 룸비니 마을 | 94×64cm

다가 6년 만에 아버지 정반왕을 찾아 해후한 곳으로 알려져 있다. 무엇보다 사원터 벽돌 문양이 장식적인데 지금은 시바의 링가남근 모형로 대체된 유적이 존재하고 있다.

　다시 비포장 외길. 오른쪽 수로를 끼고 끝없이 펼쳐지는 초원을 응시하며 다다른 곳은 고띠하와Gotihawa 유적지현겁 제1 구류손불 탄생지로 추정. 하지만 마을 중심부에 부러진 석주만이 길손을 반기니 안타까운 심정으로 화첩을 매만진다.

　왔던 길을 거슬러 니그리하와Niglihawa 유적지현겁 제2 구나함모니불 탄생지로 추정에 도달하자 두 조각으로 갈라진 아쇼까 석주가 누워 있다. 명문銘文과 두 마리의 공작새가 세련된 기법으로 새겨져 있어 눈길을 끈다.

　장시간 도보길이 힘들지 않고 또 지루하지 않은 것은 때 묻지 않은 자연풍광과 이곳 마을의 정취가 옛 추억처럼 아련한 탓이리라. 드디어 마지막 여정은 붓다의 석가족이 멸망했다는 사가르하와Sagarhawa로 불리는 들녘. 당시 꼬살라 국의 공격으로 석가족이 몰살당했다고 추정되는 발굴터는 그야말로 황량하기 그지없다. 물 고인 연못에 비치는 동산의 나무들. 마치 거울을 통해 옛 모습을 그려보라고 순례자에게 주문하는 듯한데, 무심한 바람결에 소떼들만이 풀을 뜯고 있다.

　왕자로 태어난 싯다르타가 끝내 '위대한 포기'를 선언해 버린 이면에는 조국을 향한 열정보다도 벅찬 인류애의 보살정신이 간절했던 때문일 것이다. 그리하여 그가 바라지 않았음에도 불구하고 인류의 성인으로, 역사의 인물로 우리 앞에 서 있다. '위대한 포기'를 통해 진리의 길을 걸어간 수없는 붓다와 선지식들. 그 중 한 분의 출가시를 떠올려 본다.

◉── 석가족의 멸망터 | 30×20.5cm

하늘에 넘치는 큰 일들은

붉은 화롯불에 한 점 눈송이요

바다를 덮는 큰 기틀이라도

밝은 햇볕에 한 방울 이슬일세.

그 누가 잠깐의 꿈속 세상에

꿈을 꾸며 살다가 죽어가랴.

만고의 진리를 향해 모든 것 다 버리고

초연히 나 홀로 걸어가노라.

　　　　　—성철 스님, 24세 입산 출가 시

붓다의 탄생을 다시 기리며
룸비니 동산에서의 사색

이른 새벽, 훗날 붓다가 되는 싯다르타 태자가 태어난 곳을 찾기로 한 날, 새벽예불은 내 영혼의 작은 심지를 흔들어 놓는다. 아니 빛을 발하며 타오르는 촛불 아래로 흘러내리는 촛농처럼 내 볼을 타고 알 수 없는 눈물이 자꾸만 흘러내린다.

삼월이 오면 온갖 꽃이 피고 싱그러운 초목 아래 새소리 가득하다는 동산은 지금, 만국기의 물결로 출렁이고 있다. 그 광경은 마치 붓다의 탄생을 찬탄하는 축제의 노래처럼 느껴진다.

룸비니 유적은 크게 세 가지로 나눠 볼 수 있다. 붓다 탄생을 기리는 마야부인 사원과 연못, 그리고 탄생지 기원을 알려주는 아쇼까 석주이다.

동산 이름은 마야부인의 친정어머니 이름을 딴 것이라고 하니 위대한 외손을 낳은 딸

2003. 1.22 홍

네팔 룸비니 동산에서

● ── 네팔 룸비니 동산 | 45×30.5cm

의 어머니로서 예우를 받는 셈이다. 위대한 인물을 낳은 경우가 아니라도 모태母胎의 사랑
과 헌신은 언제나 위대하다.

하늘 위와 하늘 아래 오직 나 홀로 존귀하도다天上天下 唯我獨尊.
삼계가 모두 고통에 헤매나니 내 마땅히 이를 편안케 하리라三界皆苦 我當安之.

아기 태자가 태어나 일곱 발자국을 옮기며 외쳤다는 최초의 발언은, '스스로 세상에
귀한 존재가 되는 일은 고통 받는 중생을 제도하는 일'이라는 결의에 찬 선언이다. 불조佛
祖는 이미 전생에서 정업淨業을 닦았으므로 그의 탄생은 곧 중생의 해탈이다.

붓다의 탄생지에 와서 유물 감상도 좋지만, 불조 탄생의 의미를 되새겨 보는 시간이야
말로 진정 귀한 일이 아닐까.

날은 오늘 따라 화창하여 오색 만국기가 거대한 보리수들 사이로 천녀의 옷자락처럼
흔들린다. 나무 아래에 주저앉아 화첩을 펴고 보니 아기 왕자가 목욕했다는 연못과 그 주
변의 발굴 유적, 그리고 아쇼까 석주가 아스라이 드러난다.

아쇼까 석주에 새겨진 다음의 글은, 이곳이 바로 붓다의 탄생지임을 경외의 어조로 밝
히고 있다.1896년 독일 고고학자 휘러 발굴

많은 신들의 사랑을 받고 있는 삐야다시아쇼까 왕은 즉위한 지 20년이 지나 이곳을 친히 참
배하였다. 여기서 붓다가 탄생했기 때문이다. 그래서 돌로 말의 형상을 만들고 석주를 세우
도록 했다. 이곳에서 위대한 분이 탄생했음을 경배하기 위한 것이며, 이를 기리어 룸비니

마을은 조세를 면하고 생산물의 8분의 1만 징수케 한다.

그 옛날 룸비니 동산을 성역화한 아쇼까 왕과 오늘의 우리 사이에는 아득한 세월의 강이 놓여 있다. 하지만 '위대한 분'을 기리는 마음은 한달음에 그 강을 건너 서로 얼싸안게 한다.

마야당 안을 둘러보자 잘 알려진 대로 사라수를 잡고 아기를 잉태하는 마야부인의 '붓다 탄생' 조각이 모셔져 있다. 탄생설화를 빼고 나면 특별한 감동을 주지 못하는 조각상이지만, 향을 사르며 소망을 기원하는 사람들로 초만원이다.

이 '위대한 탄생' 조각 앞에서 아기 붓다의 외침을 달리 새겨 본다.

'이 세상에 나 아닌 것이 하나라도 남아 있으면, 나는 결코 부처가 될 수 없으리라.'

따라서 "허공계와 중생계가 다하더라도 오늘 세운 이 서원은 다함 없으리"라고 노래할 수밖에 없는 붓다의 자비정신에 두손 모으게 된다.

마침내 룸비니 동산을 떠나며, 내가 만나고자 한 붓다는 룸비니에 계시는 것이 아니라, 온 누리에, 만인의 가슴 속에 있음을 자각해야 했다. 그 깨달음의 씨앗은 모든 영혼 속에 저마다의 빛깔과 향기로 싹트고 있음을….

◉── 만인의 노래

발문— '인도의 인연' 속으로

떠다니다

"한 겨레가 살아온 땅의 자취 속에는 문물의 역사와 인문 정신, 그리고 자연의 숨결이 공존하며 그것이 삶의 현장을 이루어왔다. 그 속에는 역사의 이름으로 존재하는 '문화유산'과 국토의 환경을 이루는 '자연유산'이 함께 하고 있다. (…) 문화유산의 저변에는 역사와 삶, 체질과 정서가 배어 있고 정신과 노동의 숨결이 담겨 있다. 나는 이러한 인식을 바탕으로 한반도와 대륙에 분포하는 문화유산과 삶의 현장을 답사하는 한편, 자연생태에 관심을 둔 그림을 그리고 있다."

—작가의 글

오늘 내 글은 그이의 그림 자체보다도, 그림을 그려 가는 그이의 행적을 살피고, 그 자취의 행간行間을 더듬으며 거기 스민 그이의 마음자락을 흠모하는 일일 뿐이다. 그러니 이 글은 근대적 의미의 비평이라기보다는 우리 나라 전통 글쓰기의 한 양식인 발문에 속한다.

열 다

　세상에 누군들 나그네 아니라고 자부할 수 있을까마는, 오늘 우리가 만나는 이이는 말
그대로 나그네라 할 수밖에. 바람처럼 동분서주하는 이.

　화업으로 치면 이제 스무 살 청년이 되어 가는 그이는, 그동안 한국의 방방곡곡을 누
비고 다니며 산천의 자연풍광과 문화유산, 소리 소문도 없이 제나름의 운명을 즐기는 야생
초나 풀벌레 같은 어여쁜 자연의 미물, 문명을 탐하지 않고 자연의 그늘에 엎드려 한미寒
微하게 자신의 한 생명을 경영하는 범부들을 그려왔다.

　회화사의 맥락에서 보자면 그이는, 20세기 한국이 엉겁결에 맞닥뜨린 유럽-미국식 근
대주의와 근대성의 그늘에서 머뭇거리지 않고, 대담하게 18세기 조선 사회에 풍미하던 새
로운 문화적 바람과 거기 깃든 자기 비평 정신을 흠모한 화가 가운데 한 사람이다. 18세기
의 이른바 실경산수와 풍속화를 주도하던 진보적인 화가와 문인들은 중국 산천을 근거로
자연의 형이상학을 개념적인 차원에서 재현하던 회화적·문학적 인습 대신에, 조선의 삶
을 실제로 구성하는 생생한 자연풍광과 세속의 살림살이를 그리며 조선의 산천과 삶을 있
는 그대로 긍정하려는 기류를 이루고 있었다. 그 기류를 타고서 그이는 글과 그림으로써
세속의 몸과 마음을 닦는다.

　그이의 그림을 보면 풍광 명미한 명산대천도 좋고, 저 어디 후미진 데, 이름도 얼굴도
가꾸지 않는 골짝과 마을과 거기 사람들도 좋다. 세상에 꼴을 갖고서 존재하는 것은 무엇
이든지 나름의 살림살이를 꾸려가는 한편, 어울려 역사를 그려간다. 그러니 풍경은 곧 역
사가 아닌가. 풍경을 그린다 함은 거기에 서린 즐거움과 회한, 운치와 서글픔 들을 더불어
감응하는 일이 아닌가.

　그이는, "저는 재주가 없습니다. 그저 자연에 깃든 힘을 '빌려' 그림을 그릴 뿐입니다.

자기가 주인공이 되어 손수 이룩하는 게 아니고, 빌리고 또 얻는다? 그렇다면, 언젠가는 돌려주어야 한다는 말이겠고.

"우리는 숱한 인연을 통하여 비로소 저마다 자기를 일구어 갑니다. 우연이라는 말은 어불성설이지요. 모든 일이 필연입니다. 우리는 부지런히 몸과 마음을 갈고 닦아, 천지 자연과 인간에게서 받은 은혜를 돌려드려야 합니다. 불가에서 '회향'이라고 그러잖아요. 작가들은 이것을 가슴에 새기고 실천해야 합니다. 안 그러면 헛사는 겁니다." 작가가 나에게 한 말

흐 르 다

그이는 방 안이나 작업실에 들어앉아 턱을 괴고서 창 밖 세상을 구경하는 법이 없다. 그이는 유럽의 전통 풍경화가 그랬던 것같이 화가가 주인의 관점에서 세상을 제 화폭에 유폐시켜서 그것을 규정하고 그것에 비범한 인문적 의미를 부여하려는 꾀를 쓰지 않는다. 좀 이른 감이 있지만 서둘러 결론을 비친다면, 그이에 의하여 세상이 규명되는 게 아니고, 거꾸로 그이가 세상에 의하여 규명된다. 그이가 세상을 발견하는 게 아니고, 세상이 그이를 찾아내어 그 품에 보듬는다.

그이는 늘 길을 따라 흐른다. 한 곳에 머무는 법 없이 다만 흐른다. 그의 육신은 언제나 바깥에 있어, 늘 볕에 그을리며 바람을 쐰다. 그는 늘 그 볕과 바람 속에서 숨을 쉬고 그림을 그린다. 잰걸음으로 바지런하게 온 산천을 누비며 산수를 육신으로 교접하는 그이는, 길에서 생각하고, 길에서 글을 쓰고, 길에서 그림 그리고, 다시 길을 떠난다. 그 육신이 곧 구만리 장천을 소요하는 구름을 닮아서 늘 바람과 더분다. 그의 그림을 보면, 아차, 세상 어느 구석에나 길이 있다.

유럽이나 미국에서 수입한 이론에 기대어 책상머리에서 세상을 요리하려는 세태와는 동떨어져서, 그이는 다만 길을 나선다. 길을 따라 흐르며 만난 사람과, 사람 사는 동네와, 한갓진 개울과, 험한 산 속 바람에 일렁이는 솔숲과, 하늘을 무심히 떠가는 구름과, 길섶에 노니는 벌레와 풀들에게서 세상 이야기를 듣는다. 듣고서 감읍하고 마음 기울여 그제서 졸박한 붓질을 한다.

그러고 보면 그이에게 그림 그리는 일은 그 자체로 하나의 배움이 아닐 수 없으니, 그림이라는 것이 세상에 내기 위하여 짓는 다만 하나의 물건일 리 없다. 그림 그리기는 나를 과시하는 도구가 아니라, 그이 스스로 도구가 되어 세상을 배우고 종내 세상 안으로 찾아드는 하나의 통로, 하나의 길일 따름이다.

그이가 이렇게 말한다. "끝없이 '열린 문과 흐르는 길'의 도정에서 사람은 다시 태어나고 산고의 깨침을 얻으리라. 그 깨달음은 곧 진리를 발견하는 눈이다. 우리는 無明의 터널 속에서 그 빛을 찾아, 진리의 숲을 향해 떠나가는 것이어야 한다. 그 길은 새로운 경험이다. 놀라움과 경외, 갈등과 고독을 자초하며 또 다른 세계로 빠져드는, 현상을 넘어선 본질 탐구다."그이의 「인도그림기행」에서

만 나 다

그림책에 실린 그림들도 세상을 바람처럼 흐르며 배우고 익힌, 만남의 한 자취에 지나지 않는 것이겠다. 인도를 여행하며 감응하고 '빌리고─얻어온'것들을 지난 날 그이는 지상에 글과 그림으로 연재했는데, 지금도 마음을 다하여 보고 읽으면 새롭다. 시정市井을 물들이는 잡다한 식견을 넘어, 모진 외로움과 혹독한 자기 성찰을 거쳐 나온 것이니 새롭다. 그이의 글과 그림을 통하여 마하뜨마 간디는 나에게까지 건너와, 다감하지만 꼿꼿한

말투로 "나의 삶이 곧 나의 가르침이다My life is my message"라고 넌지시 깨우쳐 주거나, "나는 미래를 예견하지 못한다. 다만 현재를 돌보는 일을 걱정할 뿐이다. 하느님은 나에게 다가오는 시간을 다스릴 능력을 주지 않으셨다"고 속삭인다.

그이의 글과 그림에는 마땅하게도 인도의 문화유산이며 세속 풍물, 사람들, 자연경관 등이 나오지만, 그것은 관광객의 피상적인 구경거리로 나타나는 법이 없다. 거칠다고 해야 할 만큼, 주저하지 않고 살아 꿈틀거리는 그이의 붓질이 지닌 품성과 더불어 인도의 풍광과 살림살이 또한 꿈틀거린다. 한갓 그림의 대상으로서 박제되지 아니하고, 종이에 옮겨 앉았어도 숨을 쉰다.

그 바람에 그이의 인도는 아무리 사소한 소재라도 이미 하나의 기념비적인 풍광이요, 아무리 하찮은 한 사람이라도 이미 어느 진리를 구현하는 법신法身이요, 아무리 한갓지고 고즈넉한 변경일지라도 광대한 역사를 머금은 장관이 아닐 수 없다.

눈으로만 훑고 손으로만 베껴낸 그림과 글이 아니므로, 나는 그이의 글과 그림에 힘입어 다시 태어난다. 구름이 바람과 교접하여 새로운 꼴을 얻듯, 그이는 인도를 통하여 다시 태어나고, 인도는 그이의 글과 그림을 통하여 새로운 인연을 얻는다.

이렇게 성심을 다한 만남과 영향을 통하여 우리는 스스로를 비운 채 호흡을 서로 나누고 끝내 더불어 산다. 그렇게 하면 동-서-고-금이 서로 남일 까닭이 없다. 불가의 만다라와 윤회의 세계관이 전하고자 하는 바가 그것이고, 도가에서 말해 온 '그윽함玄'이라는 하나의 경개도 그러한 나눔과 비움이 겹겹 인연을 이룬 상태를 말함이 아니겠는가.

그런 배움, 그런 안목, 그런 넋이 있어 비로소 풍경과 사람과 하늘 아래 그 모든 것은 제나름의 삶과 역사를 지닌다. 그래서 풍경에는 안과 밖, 위와 아래, 전경과 배경의 분별이 없다. 다만 서로 통할 뿐이다. 서로 일으킬 뿐이다.

그러니 그림은 헛것이다. 이미지는 헛것이다. 그럼, 글은? 글 또한 헛것 아닐 수 없다. 그럼 뭣 하러 그림은 그리고 글은 쓰는가.

그 까닭은, 글이나 그림이 그나마 사람과 뭇 목숨붙이들이 서로 숨결을 나누게 하는 방편이 될 수 있기 때문이다. 사람의 마음과 마음이, 사람과 풀벌레가, 사람 마음과 풍광의 역사가 어울려 한 울음 나누어 우는 통로요, 길이 될 수 있기 때문이다.

그러므로 우리가 세상을 만나는 것은 세상에 또하나의 인문적 '의미'를 보태는 것이라기보다, 버릇 없이 꿈꾸어 온 의미를 버리고 비우는 일에 속하지 않겠는가. 우리가 세상을 만나는 일은 세상에 대하여 나를 세우는 일이라기보다, 나를 놓는 일이 아니겠는가. 내가 간디를 만나는 일은 간디의 눈과 마음으로 나의 마음과 눈을 더듬고 들여다보아, 묵은 얼룩을 씻어내는 일이 아니겠는가.

그림은, 또 글은, 나아가 그 모든 예술은 내 넋을 돌보는 일이다. 나를 돌보고 나서 남에게 건너가는 문이요, 길이다. 일상의 차원에서 보자면 우리는 여행을 통하여 또 예술을 통하여 밤으로부터 낮으로, 어두움으로부터 밝음으로 나아갈 수 있겠지만, 문득 언어를 잊고 가만 되새겨보면 오히려, 환한 대낮, 넘치는 빛의 세계로부터 어슴푸레한 새벽 미명 속으로 물러서서 우리가 가던 길을 되새기는 셈이 아닌가.

그렇게 하여 우리는 풍경을 통하여 풍경을 넘어선다.

김학량 · 작가, 서울시립미술관 큐레이터

〈종이거울 자주보기〉 운동을 시작하며

유·리·거·울·은·내·몸·을·비·춰·주·고
종·이·거·울·은·내·마·음·을·비·춰·준·다

　〈종이거울 자주보기〉는 우리 국민 모두가 한 달에 책 한 권 이상 읽기를 목표로 정한 새로운 범국민 독서운동입니다.

　국민 각자의 책읽기를 통해 우리 나라가 정신적으로도 선진국이 되고 모범국가가 되어 인류 사회의 평화와 발전에 기여하기를 바라는 마음으로 이 운동을 펼쳐 가고자 합니다.

　인간의 성숙 없이는 그 어떠한 인류행복이나 평화도 기대할 수 없고 이루어지지도 않는다는 엄연한 사실을 깨닫고, 오직 개개인의 자각을 통한 성숙만이 인류의 희망이고 행복을 이루는 길이라는 것을 믿기 때문입니다.

　이에, 우선 우리 전 국민의 책읽기로 국민 각자의 자각과 성숙을 이루고자 〈종이거울 자주보기〉 운동을 시작합니다.

　이 글을 대하는 분들께서는 저희들의 이 뜻이 안으로는 자신을 위하고 크게는 나라와 인류를 위하는 일임을 생각하시어, 흔쾌히 동참 동행해 주시기를 간절히 바랍니다.

　감사합니다.

2003년 5월 1일

공동대표 : 조홍식 이시우 황명숙

358

지도위원

觀照性國, 那迦性陀, 佛迎慈光, 松庵至元, 彌山賢光, 修弗法盡, 覺默, 一眞, 本覺

방상복(신부) 서명원(신부) 양운기(수사)강대철(조각가) 고성혜(자녀안심운동)

김광삼(현대불교신문발행인) 김광식(부천대교수) 김규칠(언론인) 김기철(도예가) 김석환(하나전기대표)

김성배(미,연방정부공무원) 김세용(도예가) 김영진(변호사) 김영태(동국대명예교수) 김외숙(방통대교수)

김응화(한양대교수) 김재영(동방대교수) 김종서(서울대명예교수) 김호석(화가) 김호성(동국대교수)

민희식(한양대명예교수) 박광서(서강대교수) 박범훈(작곡가) 박성근(낙농업) 박성배(미, 뉴욕주립대교수)

박세일(前국회의원) 박영재(서강대교수) 박재동(애니메이션감독) 밝훈(前중앙대연구교수)

배광식(서울대교수) 서분례(서일농원대표) 서혜경(전주대교수) 성재모(강원대교수) 소광섭(서울대교수)

손진책(연출가) 송영식(변호사) 신규탁(연세대교수) 신희섭(KIST학습기억현상연구단장)

안상수(홍익대교수) 안숙선(판소리명창) 안장헌(사진작가) 오채현(조각가) 우희종(서울대교수)

윤용숙(前여성문제연구회장) 이각범(한국정보통신대교수) 이규경(화가) 이기영(서울대교수)

이봉순(서울불교대학원대학교수) 이상원(실크로드여행사대표) 이순국(신호회장) 이시우(前서울대교수)

이윤호(동국대교수) 이인자(경기대교수) 이일훈(건축가) 이재운(소설가) 이중표(전남대교수)

이철교(前동국대출판부장) 이택주(한택식물원장) 이호신(화가) 임현담(히말라야순례자)

전재근(前서울대교수) 정계섭(덕성여대교수) 정웅표(서예가) 조흥식(성균관대명예교수)

조희금(대구대교수) 최원수(대불대교수) 최종욱(前고려대교수) 홍사성(언론인) 황보상(의사)

황우석(서울대교수) —가나다순

〈종이거울자주보기〉운동 본부

전화 031-676-8700   전송 031-676-8704   E-mail cigw0923@hanmail.net

〈종이거울 자주보기〉 운동 회원이 되려면

1. 먼저 〈종이거울 자주보기〉 운동 가입신청서를 제출합니다.

2. 매월 회비 10,000원을 냅니다.(1년, 또는 몇 달 분을 한꺼번에 내셔도 됩니다.)

   국민은행 245-01-0039-101 (예금주: 김인현)

3. 때때로 특별회비를 냅니다. 자신이나 집안의 경사 및 기념일을 맞아 희사금을 내시면,

   그 돈으로 책을 구하기 어려운 특별한 분들에게 책을 증정하여 〈종이거울 자주보기〉 운동을

   폭넓게 펼쳐갑니다.

〈종이거울 자주보기〉 운동 회원이 되면

1. 회원은 매월 책 한 권 이상 읽습니다.

2. 매월 책값(회비)에 관계없이 좋은 책, 한 권씩을 댁으로 보냅니다.

   (회원은 그 달에 읽을 책을 집에서 받게 됩니다.)

3. 저자의 출판기념 강연회와 사인회에 초대합니다.

4. 지인이나 친지, 또는 특정한 곳에 동종의 책을 10권 이상 구입하여 보낼 경우 특전을 받습니다.

   (평소 선물할 일이 있으면 가급적 책으로 하고, 이웃이나 친지들에게도 책 선물을 적극 권합니다.)

5. '도서출판 종이거울' 및 유관기관이 주최·주관하는 문화행사에 초대합니다.

6. 책을 구하기 어려운 곳에 자주, 기쁜 마음으로 책을 증정합니다.

7. 〈종이거울 자주보기〉 운동의 홍보위원을 자담합니다.

8. 집의 벽 한 면은 책으로 장엄합니다.